Martin Greif

Prinz Eugen

Vaterländisches Schauspiel in 5 Akten

Martin Greif

Prinz Eugen

Vaterländisches Schauspiel in 5 Akten

ISBN/EAN: 9783743483583

Hergestellt in Europa, USA, Kanada, Australien, Japan

Cover: Foto ©Andreas Hilbeck / pixelio.de

Manufactured and distributed by brebook publishing software (www.brebook.com)

Martin Greif

Prinz Eugen

Cassel,
Verlag von Theodor Kay,
Königliche Hof= Buch= und Kunsthandlung.
1880.

in Cassel.

Seiner

Kaiserlichen und Königlichen Hoheit

dem durchlauchtigsten Herrn

Erzherzog Rudolph

Kronprinzen von Oesterreich=Ungarn

in tiefster Ehrfurcht

zugeeignet.

Personenverzeichniß.

Kaiser Karl VI.
Prinz Eugen.
Graf Althan ⎫
  „ Nimbsch ⎬ am Hof des Kaisers.
  „ Stahremberg ⎫
  „ Schlick   ⎪
  „ Heister   ⎬ Generale.
  „ Palffy   ⎪
Prinz Alexander von Würtemberg ⎭
Cardona, Erzbischof von Valencia.
Gräfin Althan.
Gräfin Bathyany.
Stephanie, deren Nichte.
Prinz Ludwig, Neffe Prinz Eugen's.
Graf Hamilton, Volontair im kaiserlichen Heere.
Marchese Saint Thomas, Gesandter Savoyen's in Wien.
Eschenauer, Sergeant.
Andreas, Diener Prinz Eugen's.
Ein alter Bürger Wien's.
Ein Pascha.

Generale, Offiziere, Volontairs, Soldaten, Herren und Damen vom Hof. Bürger und Bürgerinnen Wien's, eine Marketenderin, Diener, Hellebardire, Musikanten u. s. w.

Die Handlung spielt in der zweiten Scene des ersten Actes, sowie im zweiten Acte vor Belgrad, sonst in Wien. Zeit 1717.

Den Bühnen gegenüber Manuscript.

I. Akt.

(Im Landhause des Grafen Althan bei Wien. Eine Gartenterrasse mit der Aussicht auf das Kahlengebirge und die Donau. Zwischen südländischen Zierpflanzen, Granat- und Orangebäumen steht über einem purpurnen Teppich ein Armsessel, davor ein Tisch, umher stehen außerdem Tabourets und Prunktische. Nimbsch tritt auf, einen geöffneten Brief in der Hand.)

Nimbsch (liest).

„Graf Nimbsch, die Gräfin Bathyany wünscht,
Daß ich Euch meine Meinung insinuire
In Sachen Eurer Werbung um die Nichte
Derselben Dame, der ich lang befreundet.
So rath' ich Euch als raisonablem Mann,
Von dem Gedanken weislich abzustehn,
Da Ihr zu reüssiren keine Aussicht,
Indem Ihr unter der Jeunesse Wien's
Als passionirter Spieler seid bekannt.
Drum wollt Ihr Euch durch fremdes Geld rangiren,
So sucht Euch ein andere Parthie.
Das wißt Ihr nun. Eugenio von Savoye."

(Den Brief einsteckend.)

Er schob mir vor den Riegel, Er allein,
Doch nur Geduld, den Brief quittir' ich Dir:
Umsonst nicht bin ich Kämmerling des Kaisers.

(Karl VI. und Gräfin Althan kommen im Gespräche; ihnen folgen Graf Althan und Erzbischof Cardona, sodann Herren und Damen vom Hofe; zuletzt Diener. Nimbsch eilt nach dem Sessel hin, wo er den Kaiser erwartet.)

Kaiser Karl.

Man glaubt fast in Granada hier zu sein.

Gräfin Althan.

Die Ehre des Besuches, Majestät,
Verwirrt uns als ein fast zu großes Glück
Und ebendrum erbitten wir in Demuth
Des hohen Gastes Nachsicht.

Kaiser Karl.

Liebe Gräfin,
Zu dieser Bitte seh' ich keinen Grund,
Den kleinsten nicht, denn Alles mahnt mich hier
An jene Zeit, da wir in Spanien noch
Beisammen waren glücklicher als jetzt.

(er setzt sich.)

Ich fühlte mich schon lang nicht mehr so wohl.

Gräfin Althan.

Wir tauschten nur den Ort, nicht auch das Herz,

Ja mehr als dies, ich möchte selbst behaupten,
Die Fremde macht uns theurer nur die Heimath.

Kaiser Karl.

Geh' ich auch nicht so weit in meiner Sehnsucht
Und bleibt mir stets gedenk, wo ich geboren,
Am Strand der Donau tief im deutschen Lande
(Seht dort sie fließen, traulich angeschmiegt
Den goldnen Hügeln), doch vergeß ich nicht,
Daß ich dort König war, wo Karl der Fünfte
Den Ausspruch that, daß über Habsburgs Reich
Die Sonne wandelnd niemals untergeht. —
Schenkt mir dort vom Granatbaum einen Apfel,
Daß ich erinnrungsvoll ihn mir betrachte.

(Die Gräfin pflückt Frucht und Blüthen von einem Granatbaum, die sie auf einen silbernen Teller ordnet.)

Kaiser Karl.

Wie leicht sie wandelt, Eure Hesperide!
Graf Althan, ich begreife Eure Passion
Für Spanien; Euer Herz hat Grund dazu.

Althan.

Gestatten Eure Majestät den Zusatz:
Auch meine Einsicht habe Theil daran.

Kaiser Karl.

Nur keine Politik! Erlaßt es mir

An diesem Tag die glatte Stirn zu furchen,
Erwartet mich doch Drang genug im Lager,
Wohin ich morgen zu Eugenius reise.
  (zu Cardona, der sich mit Nimbsch unterhalten.)
Ich kam heraus, die Sorgen abzuthun,
Nicht tiefer mich in sie noch einzuspinnen.
Herr Erzbischof, auch Ihr seid drum ersucht,
Nichts heut' von Staats=Affairen —
  (zur Gräfin, die ihm knieend die Frucht darreicht.)
         Gräfin, Dank,
Ihr fügtet zart die Blüthe zu der Frucht.
Wie duftet sie so eigen süß und schmeichelnd!
Auch diese Kinder haben eine Sprache.

     Gräfin Althan.
Und darf ich sie entsiegeln, Majestät?

     Kaiser Karl.
Wenn Ihr damit vertraut.
  (zu den Andern.)
        Merkt auf, wir hören
Ein Madrigal aus Metastasio's Schule.

     Gräfin Althan.
Nun denn, sie lispeln: Herr, gedenkt des Landes,
Deß Fürst Ihr waret, nein, noch immer seid —
Verlaßt nicht Spanien und sein treues Volk!

Kaiser Karl.
Will mich sogar das Stumme hier beschwören?
(mit dem Finger drohend.)
Ihr habt mir, Gräfin, ein Complot geschmiedet!

Gräfin Althan.
Herr, was man liebt, tritt immer uns zu Sinnen
In jedem Ding, selbst gegen unsern Willen.

Kaiser Karl.
Hätt' ich den Apfel doch nicht aufgerufen!
Doch mein Gewissen heißt getrost mich sein.
Ich glaube, Niemand kann nachsagen mir,
Daß ich nicht mannhaft um mein Recht gekämpft.
Zwölf Jahre hielt ich Stand auf spanischer Erde
Dem Nebenbuhler Philipp, bis der Tod
Des ältern Bruders mich zurückgeführt
In's Erbland zur verwaisten Kaiserkrone.
Jetzt aber ward der Widerstand verzweifelt:
Im Stich gelassen von den Aliirten,
Die mit dem Feinde hinterrücks paktirt,
Mußt' ich zuletzt dem Krieg dort Einhalt thun
Und in den Stillstand willigen nach dem Rath
Erprobter Führer, Prinz Eugen voran.

Cardona.
Doch wir, die spanischen Räthe Eurer Krone
Und auch erprobt, wir wurden nicht erhört.

Kaiser Karl.

Es stand nicht mehr bei uns, das Land zu halten.

Gräfin Althan.

Hat Prinz Eugen je den Versuch gemacht?
Als Eure Majestät ihm gleich im Anfang
Des Kriegs dort das Commando zugedacht,
Wich er schon aus, er blieb am Rhein und führte
Den Degen für die Fürsten und das Reich,
Nicht für die untheilbare Monarchie:
Ein deutsches Dorf galt mehr ihm als ganz Spanien.

Cardona.

Und Spanien ward zerrupft wie ein Capaun.

Graf Althan.

Und ganze Länder wurden nachgeworfen.

Kaiser Karl.

Gefehlt, ihr Herrn, wir danken ihm vielmehr,
Daß wir erstarkt gestiegen aus dem Bad
Des opfervollen Kriegs.

Cardona.

Verzeihung, Sir —

Kaiser Karl (sich erhebend).

Nicht weiter! Ihr gewinnt nichts über mich,

Der fühlt und weiß, was Prinz Eugen wir danken.
Als gottgesandter Held erschien er uns
Vom Lande der Geburt (zu Oestreichs Heil)
Nicht festgehalten, ein Geschenk der Allmacht,
Bestimmt zu wunderbarem Siegeslauf —
Nicht oft hat Huld sich solche Frucht erzogen.
Er zahlte das Vertrau'n der neuen Heimath
(Im Dienste nun des dritten Kaisers schon)
Mit Wucher heim. An unsre stolzen Fahnen
Hing er den Lorber auf von siebzehn Schlachten.
Zenta, Turin, Höchstedt und Malplaket,
Welch hehre Namen! Stolz schwellt mir die Brust,
Wenn ich an dieses Mannes Thaten denke,
Der wie ein Hannibal der Alpen lachte
Und spielend mit den Schrecken der Natur
Heut in Italien stand, am Rheinstrom morgen,
Von Ungarn abgerückt in's Niederland,
Von da zur Donau, der, der Kriegskunst Meister
Und Heere stampfend aus dem Nichts hervor,
Armeen trennte durch verwegnen Marsch,
Im Schach hielt den Entsatz und Kern der Gegner,
Durch Handstreich Vesten wegnahm, Mauern
                                  stürmte,
Den Degen in der Faust, wie er vom Hügel
Schlachtreihen planvoll warf, eh sie ihn blickten,
Gewachsen siebenfacher Uebermacht.
Geht, sucht auf Erden nochmals einen Mann

Im Glück gemäßigt, ungebeugt in Drangsal,
Im Staatsrath wie im Felde gleich bewährt,
Bringt mir ihn her, dann nehmt mir Prinz Eugen!

Gräfin Althan.

Der Herrscher nur kann solches Lob ertheilen,
Das uns die Pflicht der Ehrfurcht schon verbietet.

Kaiser Karl.

Das Lob ist viel zu klein. Er ist der Anker,
Der unser kämpfend Schiff im Sturm bewahrt.
Denn seht, da nun im West der Erbfeind ruht,
Bedroht uns D e r im Ost mit neuem Einbruch,
Entfaltend um die Wälle Belgarad's
Die Fahne Mahomeds und voll Begier,
Peterwardein und Temeswar zu rächen,
Wo er des Helden Donnerkeil erfuhr.
Doch schon zur Wehr steht Prinz Eugen gerüstet
Und nur auf seinen Kaiser harrt er noch
(Darum ersucht) um Belgrad zu berennen,
Und auf des Feindes Hauptmacht los zu geh'n,
(Die Grafen Guido Stahremberg und Schlick treten mit Karten
und Schriften in der Hand ein.)
Die fern noch bei Adrianopel lagert.

Stahremberg.

Wir nah'n uns, Herr, in importanter Sache.

Kaiser Karl.
Nun, was betrifft es, lieber Stahremberg?

Stahremberg.
Sir, die Armee, die ich repräsentire
Mit meinem Freund und Waffenbruder Schlick
Und deren Flor uns stets am Herzen lag,
Mehr als uns Mancher concedirt —

Schlick.
Wir wissen,
Daß Eure Majestät dies gern testirt.

Kaiser Karl.
Was soll der Introduktus, liebe Herrn?
Die Reichsarmee ist guter Hand empfohlen,
Da Prinz Eugenius sie selber führt.

Stahremberg.
Gleichwohl versuchen wir in Devotion
Bei Ueberreichung dieses Memorials,
Das eben einlief aus dem Hauptquartier,
Den Blick der kaiserlichen Majestät
Auf den perikulosen Stand zu lenken,
In dem sich Dero Truppenmacht befindet.
(er überreicht eine Schrift.)

Schlick.

Die Umständ' sind im höchsten Grade kritisch!

Kaiser Karl (in die Schrift sehend).

Der Prinz ertheilt mir das consilium,
Von der Campagna mich zu dispensiren,
Da meine Gegenwart, wie er besorgt,
Den Feind, der ohnedies weit copioser
Zur Aufbietung der höchsten Vigilanz
Und Force stacheln müsse. — Nun, auch gut.
Die Kaiserin wird sich am meisten freu'n.
Macht ihm publik, ich bleibe hier in Wien. —
Was bringt Ihr weiter noch ad notam, Graf?

Stahremberg (eine Rolle entfaltend.

Pflichtschuldig deploriren wir dem Kriegsherrn
Die Position, so Prinz Eugen vor Belgrad
Zu wählen sich harbirt. Schlick nannte sie
Ein Unicum, dem in den Kriegsregistern
Kein casus gleicht.

Schlick.

Es ist ein pur' Hazardspiel!

Stahremberg (die Karte auf den Tisch ausbreitend).

Wir bitten nur um kurze Attention.
Hier liegt Belgrad, hier fleußt der Donaustrom,
In den sich da der Save Curs ergießt.

Im Mitten Bogen nun, die Stirn' gewandt
Zum stärksten Bollwerk, das der Osten kennt,
Hier steht Eugenius' Lager, doch dies Wagstück
Passirte noch, wenn nicht im Rücken dort
Der Großvezier mit dreimal größrer Macht
Stromaufwärts plötzlich zum Entsatz genaht
Und hinter sich die Falle zugemacht.

Schlick.
So blind im Krieg zu sein! das hätte Keiner
Von uns riskirt.

Kaiser Karl.
Sind keine Brücken da? —
Doch ja, es hätte mich auch baß verwundert.
So seh' ich die Umzinglung nicht so ganz.

Stahremberg.
Sir, Batterien flankiren das Terrain
Und hindern die Approche zu den Pontons.

Schlick.
Ingleichen hat das Feuer aus der Stadt
Uns schon den schrecklichsten Verlurst gethan.

Stahremberg.
Zu Allem kommt, daß im Rayon des Lagers
Fieber und Ruhr auf's Gräulichste grassiren.

Schlick.
Tagtäglich rafft es Hunderte wie Mucken.

Stahremberg.
So fühlen wir uns leider obligirt,
Ein votum separatum abzugeben.

Kaiser Karl.
Wie lautet dies?

Stahremberg.
Es stimmt für eil'gen Rückzug
In die Retranchements jenseits der Donau.

Schlick.
Es ist der einz'ge Weg, der noch restirt.

Kaiser Karl.
Doch Prinz Eugen, Ihr wißt, hat plein pouvoir.

Stahremberg.
Der Kriegsherr setzt Contreordre gegen Ordre.

Kaiser Karl.
Doch wär' es wider alle Observanz!

Stahremberg.
Die salus publica verlangt den Einspruch.

Schlick.
Wir müßten uns im andern Fall salviren.

Kaiser Karl (nach einer Pause).
Nun denn, die Ordre soll an ihn ergeh'n.
Vielleicht kommt sie erwünscht sogar dem Feldherrn,
Dem mein Verzicht auf eine Aktion
Zum Antrieb wird, das einzige Heer zu schonen,
Das mit des Reiches Beistand wir versammelt.
Reicht mir die Feder, Gräfin.

Gräfin Althan.
Sir, zu Diensten!
(sie reicht ihm die Feder.)

Kaiser Karl (zu Stahremberg).
Ihr seid der Sieger, Graf, von Almenara
Und Saragossa, Euer Wort entschied.
(er schreibt.)
„An Prinz Eugen, Generalissimus!
Wir finden Euer Liebden zu befehlen,
Behutsam vor dem Feind zurück zu geh'n
Und jedem Treffen sorglichst auszuweichen.
Wien, Euer wohlgewogner Kaiser Karl."
(indem er siegelt.)
Ja, Eine Frage noch: durch wessen Hand
Ward uns der Plan vermittelt?

Stahremberg.
Das Croquis
Lag einer Vorstellung Graf Heister's bei.

Kaiser Karl.

Graf Heister ist Liebhaber von Querelen —
Inzwischen sind wir nun einmal gewarnt.
Graf Nimbsch, Ihr müßt noch heut' ins Haupt-
quartier.

Graf Nimbsch (vortretend).

So eil' ich, Extrapost mir zu bestellen
(bei Seite.)
Und endlich zu demüthigen den Verhaßten.

Kaiser Karl (ihm den Brief einhändigend).

Entbietet Prinz Eugen mein Compliment,
Er möge sich zu fernerm Dienst erhalten.
(Nimbsch entfernt sich, von der Gräfin unter heimlichem Gespräch
zur Thür geleitet; ein Diener tritt auf.)

Diener.

Die Gräfin Bathyany läßt sich melden.

Kaiser Karl.

Was führt sie her?
(zum Diener.)
Die Dame ist willkommen.
(Der Diener öffnet die Thür, die Gräfin Bathyany und Stephanie,
deren Nichte, treten ein. Nimbsch geht ihnen vorüber ohne
Gruß. Stephanie blickt erröthend zur Seite.)

Gräfin Bathyany.

Ich nahe unterthänig mich im Namen
Des treusten Dieners, den Euch Gott geschenkt.

Kaiser Karl.

Doch nicht mit schlimmer Post, so will ich hoffen?

Gräfin Bathyany.

Ob zwar dieß nicht, ist doch mein Auftrag ernst,
Da ich das Testament des edlen Prinzen
In Dero Hand zu legen bin betraut.
(sie übergibt das versiegelte Testament.)

Kaiser Karl.

Ich nehm' es an besorgt, ja wehmuthsvoll:
Dürft' ich kein schlimmes Omen drin erblicken!

Gräfin Bathyany.

Mich macht es selbst bestürzt, wie ich gestehe,
Und ich entschloß mich auf der Fahrt heraus
Zur eiligen Reise nach dem Kriegsschauplatz,
Ihm nah' zu sein, wenn er verwundet würde.

Kaiser Karl.

Da will ich Euch zum Troste gleich eröffnen,
Daß ich dem Prinzen Instruktion gesandt,
Sich vor der Uebermacht zurück zu zieh'n.

Gräfin Bathyany *(nach einer Pause)*.

Ist der Curier schon weg?

Kaiser Karl.

So eben; — Nimbsch.

Gräfin Bathyany.

Wir schenkten keinen Blick uns gegenseitig,
Doch stieg mir eine Ahnung auf.

Kaiser Karl.

Frau Gräfin,
Was macht Euch diese Ordre für Bedenken?

Gräfin Bathyany.

Daß sie der Prinz vielleicht im Drang der Lage
Umgehen muß.

(Bewegung unter der Umgebung des Kaisers.)

Graf Althan.

Dieß wäre Ungehorsam!

Gräfin Bathyany.

Doch Ungehorsam, den die Noth gebietet.

Kaiser Karl.

Wozu der Eifer über einen Fall,
Den ich, der Kriegsherr, für undenkbar halte?

Wir brechen ab. Der Schritt ist eingeleitet
Und Schwäche wär' es, ihn zurück zu nehmen.
(ablenkend.)
Ihr seid entschlossen zur Campagne Gräfin?

Gräfin Bathyany.
Ich bin es, Sir, und jetzt nur um so mehr.

Kaiser Karl.
So sollt Ihr einen Auftrag mir bestellen.
(ein auf dem Tisch liegendes Miniaturbild ergreifend.)
Dieß händigt unserm eblen Prinzen ein.
Es ist mein Bildniß, das ich ihm verehre
(auf das Testament weisend)
Zum Dank, daß er dies Denkmal mir vertraut.
(er händigt ihr das Medaillon ein.)
Sagt ihm, daß Ich, sein Kaiser, ihm befehle,
Daß er sein Allen kostbar' Leben schont.
(lächelnd).
Ich wäre allen Ernstes sonst gezwungen,
Zurückzurufen mein gefährdet Bild.
Nun bittet Euch auch eine Gnade aus.

Gräfin Bathyany.
Gestatte Eure Majestät, daß ich den Anspruch
Auf meine Nichte übertragen darf.

Kaiser Karl.

Recht gern.

Gräfin Bathyany.

Vertraue Dein Anliegen selbst
Der kaiserlichen Majestät zu Füßen.

(Stephanie naht verlegen.)

Kaiser Karl.

Nur Muth mein Kind! Wie heißst Du?

Stephanie.

Stephanie —

Kaiser Karl.

Nun liebe Stephanie, was ist Dein Wunsch?

Stephanie (niederknieend).

Von Herzen bitt' ich Eure Majestät —

(sie stockt.)

Kaiser Karl.

Ich sehe wohl, hier thut ein Dolmetsch noth.
Verehrte Gräfin, helft ihr zum Geständniß.

Gräfin Bathyany.

Nun denn, mein Schützling hat ihr Herz verschenkt
An einen Junker, der nach Oestreich kam,

Im Heere Eurer Majestät zu dienen,
Das jetzt aus allen Ländern Ehrbegierige
Durch seiner Waffen Glorie an sich lockt.

Kaiser Karl.

Wie heißt der junge Mann?

Gräfin Bathyany.

Graf Hamilton.

Kaiser Karl.

Ich sollt' ihn kennen. Prinz Eugen, ja ja,
Sprach mir von ihm und strich ihn sehr heraus.

Stephanie.

Auch ich kann Majestät ihn wohl empfehlen.

Kaiser Karl.

Das glaub' ich wohl, daß Du ihn protegirst!
(sie streichelnd.)
Jetzt ist auf einmal ihr die Zung' gelöst.

Stephanie.

Er möchte nimmermehr aus Oestreich fort,
So hängt sein Herz an unserm lieben Lande.

Kaiser Karl.

Nun, jetzt errath' ich schon der Bitte Kern.

Stephanie.

Sie wirbt um's Glück, daß Eure Majestät
Ihm hold das Recht der Ingeburt verleihe,
Da er nur so hier Dienste nehmen kann.

Kaiser Karl.

Zur Stelle gleich erfüll' ich Dir den Wunsch,
Der Deinem Kaiser innig wohl gethan.
Gefall' es unserm jungen Freund bei uns
Und streb' er seinem großen Schützer nach
Hinfort, dann steht es allzeit wohl um ihn.
(zur Gräfin Bathyany.)
Stellt mir ihn vor, wann er nach Wien gekehrt,
Doch Prinz Eugen wird dies schon selbst besorgen,
Den ohnedieß die Ordre näher ruft:
Ihr werdet ihn vor Belgrad kaum mehr finden,
(er erhebt sich.)
Doch wo er sei, bestellt ihm meinen Gruß.
(Er verläßt, von Allen gefolgt, die Terrasse.)

Verwandlung.

2. Scene.

(Nacht. Im Zelt des Prinzen Eugen vor Belgrad. Auf einem Feldtisch liegt eine Karte ausgebreitet. Nachdem die Bühne einen Augenblick leer geblieben, treten ein: Prinz Eugen, Prinz Alexander von Würtemberg, Palffy, Heister, gefolgt von den Generalen Max Stahremberg, Harrach, Prinz Braunschweig=

Bevern, Mercy, Seckendorf, Maffei als Anführer der Baiern, Miglio als solcher der Hessen, sowie deren Adjutanten. Der Diener Prinz Eugen's, Andreas, trägt ein Windlicht voraus, entfernt sich aber sogleich wieder. Die Posten draußen präsentiren.)

Prinz Eugen.

Messieurs, der Augenschein spart mir den Nachweis,
Daß unser Campement nicht länger haltbar.
Der Feind hat Avantagen, die er frisch
Hätt' nützen sollen, doch er schmeichelt sich
In Rechnung seiner großen Uebermacht
Uns ohne Feldschlacht in die Pfann' zu hau'n
Und obendrein die Festung zu entsetzen.
Er nimmt es mit dem Postendienst leger
Und breitet sich beim Fouragiren aus,
Wie ein Spion noch eben uns gemeldet.
Wir müssen ihm den Vorstreich abgewinnen.
Begegnet unsrer Streifparthei kein Unfall,
Der sie im Lager drüben wachsam macht,
So denk' ich sie vor Tag noch anzugreifen.
Was meint Ihr zum Projekt, Prinz Alexander?

Prinz Alexander.

Ich bin der strikten Ansicht Eurer Durchlaucht.

Prinz Eugen.

Und Euer Rathschlag, Palffy?

Palffy.

Ich abstinire
Mich jeder Opinion, da ich versichert,
Daß unser Feldherr kein consilium braucht.

Prinz Eugen.

Graf Heister scheint dagegen malcontent?

Heister.

Ich stimm' dagegen, steh' ich auch allein.
Die Hardiess' wär' Tollheit ohn' Exempel:
Im Angesicht ein waffenstarrend Bollwerk,
Im Rücken eine ries'ge Feldarmee,
Todspeiende Reduits vor Front und Flanken,
Die spotten unserm Park — ich meine wohl,
In solcher Klemme resignirt man sich.

Prinz Eugen.

Doch sagt, wie sollen wir uns soulagiren?
Ihr seid Erfinder einer neuen Kriegskunst,
Die Ihr nur leider bisher nicht verrathen,
Die Occasion dazu wär' heute da —
Wir wären Alle sehr Euch obligirt!

Heisler.

Doch mich verlockt es im Geringsten nicht!

Prinz Eugen.

So graut Euch selber, Eure Theorie
Zu prakticiren?

Heister.

Ja, sie würde so
Nur schneller dem curiösen Feind bekannt
Zum Schaden kaiserlicher Feldarmee.

(Große Heiterkeit unter den Generalen.)

Prinz Eugen.

Ganz richtig.

(er klopft Heister auf den Rücken.)

Keinen Aerger, General!
Ich weiß, wenn Ihr den Degen erst gezogen,
Vergeßt Ihr alle Eure Theorien.

(zu den Generalen.)

Und kurz und gut, ich werde attakiren.
Die Wahl ist nur: entweder nehm' ich mir
Heut Belgrad, oder nehmen mich die Türken.
Wenn es gefällig, Messieurs, zur Parole.

(er tritt von den Generalen gefolgt an den Tisch.)

Die Intention geht dahin, noch vor Tag
Den Feind mit aller Macht zu überraschen
Und zwar zu gleicher Zeit auf allen Points.
Zu dem Behuf rückt uns um Mitternacht
Das Heer in Stille aus und beide Flügel

Formiren sich, die Reiterei voraus,
Die Regimentsstück' und Falkonen folgen.
Der rechte Flügel — das geht Palffy an —
Stößt nach den Höhen an der Save vor,
Doch hüt' er sich zu früh zu scharmuziren,
Damit er uns den Feind nicht allarmirt.
Max Stahremberg —

   Max Stahremberg.
    Hier —

   Prinz Eugen.
       Hält den Soutiens,
Auch sind die Hessen —

   Miglio.
    Hier —

   Prinz Eugen.
       Ihm attachirt,
Wie Euch, Graf Harrach,

   Harrach.
    Hier —

   Prinz Eugen.
      Sämmtliche Baiern —

— Maffei, legt ihrer Rauflust Zügel an! —
(Maffei räuspert sich.)
Indeß sich dieser Flügel deployirt,
Wird sich der linke,
(Zu Prinz Alexander.)
Euer Truppencorps,
Der vordersten Approchen rasch bemeistern
Und dann Gewehr bei Fuß sich steif postiren
In guter Contenance, bis zum Sturm
Der Generalappell geblasen wird —
Ich denke zur Aktion präsent zu sein.
Das zweite Treffen unter Heister —

Heister.

Hier —

Prinz Eugen.

Verbleibt zur Deckung vor den Tranchements,
Um rasch nach jedem Punkt Succurs zu bringen.
Graf Mercy —

Mercy.

Hier —

Prinz Eugen.

Prinz Braunschweig —

Prinz Braunschweig.

Hier —

Prinz Eugen.

Bezieh'n bei der Moschee Reservestellung;
Im Lager bleibt Graf Seckendorf.

Seckendorf.

Hier, Prinz.

Prinz Eugen.

Ihr werdet jeden Ausfall der Besatzung
Mit flinker Hand und resolut abweisen,
Daß sie nicht in die Feldschlacht sich melirt. —
Drei Bombenwürfe geben das Signal,
Auf dieß erfolgt der combinirte Vormarsch.
Dieß ist die Ordre de Bataille, Messieurs.

(Seckendorf und die Adjutanten ab.)

Ich baue auf die Umsicht und Prudenz
Der Herrn Generale wie der Offiziers,
Ingleichen auf den Eifer aller Truppen,
Daß sie in allen Stücken unverdrossen
Und vigilant die Instruktion vollziehn,
Dann wird der Sieg, so Gott will, uns nicht fehlen.

(Graf Hamilton und Prinz Ludwig von Savoyen treten in das
Zelt, einen gefangenen Türken im Gefolge.)

Da kommen schon die Eclaireurs zurück.

(Die Prinzen von Baiern, Hessen, Sachsen, Culmbach und Dessau
treten ein und stellen sich in einer Reihe militairisch auf.)

Auch Baiern, Hessen, Sachsen, Culmbach, Dessau —
Die Suite ist complet.
(zu Prinz Ludwig.)

Eh bien, Savoye,
Comment se porte monsieur le Grand-Vessier?

Prinz Ludwig.

Wir haben drüben bei ihm ungebeten
Visite abgestattet. Seine Hoheit
Erfreu'n des besten Schlafs sich mit den Truppen,
Wie dieser Aga hier beweisen kann,
Den wir von seinem Divan aufgehoben.
Er reibt sich noch die Augen baß erstaunt,
Als wär' was er erlebt ein bloßer Traum.

Prinz Eugen.

Der Handstreich war riskirt und der Fortune
Drum doppelt werth.
(zu Hamilton.)

Eh bien, Avantageur,
Macht uns bekannt, was Ihr vom Feind erkundet.

Hamilton.

Wir drangen bis zu einer Schanze vor,
Wo wir das ganze Lager vor uns hatten,

Das sich, den Halbmond auf den farbigen Zelten,
Von Strom zu Strom im weiten Bogen dehnt.
Im Sternenlicht der duftig klaren Nacht,
Dem sich der Lagerfeuer Schein vermischt,
Erschien uns deutlich auch der fernste Saum:
Wir sah'n den Spahi ruh'n bei seinem Berber,
Im Turban Wache stehn den Janitschar,
Und was im Kaftan bis von Mekka's Thoren,
Von kriegerischen Bassen angeführt,
Geschaart ist um die Fahne des Propheten.
Ja, selbst vom bunten Troß, der rückwärts lagert
Auf grauverhülltem Plan, erkannten wir
Der Drommedare und Kameele Schatten
Und zwischen durch an der Standarte Flattern
Das beutegierige Volk der Hospodare,
Die mit dem Kreuz geschmückt das Kreuz bekämpfen.
So ließen wir von einem End' zum andern
Und in des Lagers Herz die Blicke dringen,
Als plötzlich sich von waldbekränzter Kuppe
Der Ruf der Muezin's vernehmen ließ.
Wir stutzten noch, als grade auf uns los
Anlief ein ledig doch gesattelt Pferd,
Das klein und struppig, wie sie heimisch sind
In wilder Steppe, rasch uns Aufschluß gab:
Der Chan der Tartarei ist eingetroffen
   (Bewegung unter den Generalen.)
(Wie der Gefang'ne hier bestätigt hat)

Und liegt im Hinterhalt mit seiner Macht
Zur Schlacht bereit und ganz ein Heer für sich.

Heister.

Hab' mir's doch gleich gedacht, der fehlte noch!

Prinz Eugen (nach einer Pause).

Wie hoch taxirt der Feind die eigne Stärke?

Hamilton.

Rundweg auf dreimalhunderttausend Mann,
Die Truppen in der Festung nicht gerechnet.

Heister.

Und wir sind keine fünfzigtausend stark!

Prinz Eugen (der nachgedacht.)

Es mag wohl stimmen, doch es bleibt dabei,
(zu den Prinzen.)
Wir werden heut' mit Gottes Hülfe schlagen.
(freudige Bewegung unter den Prinzen.)
Der Tag ist da, Messieurs, zu attestiren,
Ob ihr in meinem Lager was gelernt.

Prinz Ludwig.

Wir werden unserm Führer Ehre machen.

Die Prinzen und Hamilton.

Mit Prinz Eugen für Gott und unsern Kaiser!

Prinz Eugen (lächelnd).

Das kann ein tüchtiger Spektakel werden!
Ich habe sechszehn Schlachten mitgemacht,
Doch stund kein größ'rer Tag in meinem Leben.
(zu den Generalen.)
Es ändert an der Instruktion sich nichts —
Und nun auf unsre Posten meine Herrn!
(sie wollen aufbrechen, der Diener Prinz Eugen's, Andreas, tritt ein.)

Andreas.

Ein Herr aus Wien ist eben einpassirt
Voll Eile, Eurer Durchlaucht aufzuwarten.

Prinz Eugen.

Es wird doch kein Ambassadeur es wagen? —
Laß ihn herein!
(Andreas öffnet das Zelt, zu den Generalen.)
Ich bitte, bleiben Sie.
(Graf Nimbsch tritt im Mantel ein. Andreas entfernt sich.)

Heister.

Graf Nimbsch! (für sich.) Der kommt mir wie ge=
rufen her!

(Nimbſch, der Hamilton einen ſchadenfrohen Blick zuwirft, naht
ſich dem Prinzen.)

Nimbſch.
Ich bin chargirt, dem Generalfeldmarſchall
Ein kaiſerlich Signat zu überreichen.

Prinz Eugen (nachdem er das Sigel betrachtet).
Ich bin begriffen, Seiner Majeſtät
Glorreiche Kriegsarmee zur Schlacht zu führen
Und muß daher um kurzen Aufſchub bitten.

Nimbſch.
Belieben, ſich die Ordre anzublicken:
Ihr Inhalt iſt von höchſter Wichtigkeit.
(Prinz Eugen öffnet das Schreiben und wirft einen Blick hinein,
ein Schuß fällt, dem in kurzen Pauſen zwei andere folgen.)

Prinz Eugen.
Messieurs, wir haben das Signal zur Schlacht.
(Er ſteckt den Brief in die Taſche und bricht auf.)
Inzwiſchen lad' ich den Herrn Kämmrer ein,
Von der Fatigue im Zelt ſich auszuruhn —
Avance!

Alle.
Mit Prinz Eugen für Gott und unſern Kaiſer!
(Indem ſich Prinz Eugen mit den Generalen und Prinzen, ſo=
wie Hamilton raſch entfernt, blickt ihm Nimbſch mit triumphiren=
der Geberde nach und tauſcht mit Heiſter verſtändnißvolle Blicke aus.)

(Der Vorhang fällt.)

II. Akt.

(Das Schlachtfeld vor Belgrad, im Hintergrund ist die Stadt und Festung von der Donau umflossen sichtbar. Nach links die Position der Deutschen, nach rechts die der Türken. Im Vordergrund eine Anhöhe. Es ist früher Morgen. Ferner Kanonendonner, welcher schon während der Zwischen-Akt-Musik vernommen wird. Graf Heister mit seinem Stab. Ein Adjutant des Grafen Mercy, eben angekommen.)

Heister.

Graf Mercy fordert Instruktion von mir, —
Ganz recht, doch wär' ich selbst um eine froh.
Seit bald zwei Stunden wart' ich schon darauf
Und schicke in die Kreuz und Quer Staffeten,
Den Feldmarschall und seinen Stab zu suchen,
Doch hetzten sie umsonst die Gäule ab,
Sie rapportirten Einer wie der Andre:
„Unmöglich ob dem eingefall'nen Nebel."
(zum Adjutanten Mercy's.)
Dieß meldet Eurem Chef, doch seht Euch vor,

Daß Ihr nicht in die Donau gar gerathet
Und Euch im kalten Bad den Schnupfen holt!

   (der Adjutant nach links ab.)

Es ist auch wider alle Strategie,
So alle Regeln auf den Kopf zu stellen.
Wozu besitzen wir ein Reglement,
Das vorschreibt, was in jedem Fall zu thun,
Wenn keine Experienz mehr gelten soll?

   (Das Schießen nimmt zu.)

Hört nur das Schießen — und da soll man noch
Bei solchem Lottospiel sich temperiren?
Daß doch die Bomben kreuzweis' in der Luft
So eine miserable Taktik holten!

   (Graf Nimbsch tritt von links auf.)

Da kommt schon wieder eine Ordonnanz —
Halt, seh' ich recht, Graf Nimbsch dem Zelt
          entschlupft,
Wo man mit gutem Grund ihn eingesperrt.
Ihr kommt zum Traktement gerade recht,
Das unserm Feldmarschall die Pascha's geben,
Doch hat er selbst dazu sich invitirt,
So mag er's haben, ich vergunn' es ihm.
Nur schad' um solche excellente Truppen,
Die man mit Muthwill auf die Schlachtbank führt!

Nimbsch.

Ich wollte, General, daß Ihr im Kriegsrath,
Als es noch helfen konnte, so gewettert!

Heister.

Das that ich und mit aller Vehemenz,
Doch war mein Pulver in die Luft verschossen,
Und als Ihr kamt, war Alles expedirt.

Nimbsch.

Bald hoff' ich wird ein An d'rer expediren,
Er, dessen Ordre sträflich ward umgangen,
Ja mehr als dieß, mißachtet und verhöhnt.

Heister.

Ruft nur beim Kaiser mich zum Zeugen auf,
Ich kann Euch noch mit andern Stücklein dienen.

Nimbsch (einschlagend).

Ich nehm' beim Wort Euch, es soll bald gescheh'n,
Ich warte nur noch die Entscheidung ab,
Die nach der Hitze des Gefechts sich naht,
Dann jag' ich mit der Neuigkeit nach Wien
Und melde, wie dem Herrn ward mitgespielt.

Hamilton (hinter der Bühne).

Halt' mir das Pferd! — führt mich zum General!
(Hamilton von einem Offizier geführt tritt auf.)

Hamilton (zu Heister).

Der Feldmarschall schickt Euch expresse Ordre,
Dem rechten Flügel, der zurückgedrängt,
Mit Eurem Corps sofort Succurs zu bringen.

Heister.

Glaubt Ihr, wir tappen in den Nebel blind?

Hamilton.

Der Donner des Geschützes leitet Euch.

Heister (den Degen ziehend).

Wollt Ihr den Krieg mich lehren, junger Herr?
(mürrisch in die Coulissen rufend.)
Trompeter, das Signal zum Vormarsch geben!
(Ab mit seinen Offizieren nach Rechts, Trompetenzeichen, das mehrfach erwiedert wird, wobei man Commandoworte und den Gleichschritt von Truppen vernimmt.)

Hamilton.

Wo hält Graf Mercy?

Der Offizier.

Dort —

Hamilton.

Führt mich zu ihm.
(will abgehen.)

Nimbsch (hervortretend, hämisch).

Kennt Ihr mich, Freund?

Hamilton.

Graf Nimbsch!

Nimbsch.

Mit Eurer Gunst
So trifft man sich oft unerwartet wieder.
Doch Fräulein Stephanie hat mich zur Vorsorg'
Mit ihrem schönsten Compliment chargirt.
Ihr stutzt — sie wußte ja, wohin ich reise.
Wohl träumte sie sich nicht das Wiedersehn
Just an dem Tag, den Oestreich wird bedauern
In aller Zeit.

Hamilton.

Das wollen wir erst sehn!

Nimbsch.

Was Possen! Unsre blanke Waffenehre
Liegt keinem Fremdling so wie uns am Herzen
Und diese Lektion wird uns für immerdar
Vor lästigen Avantageurs bewahren,
Vor kleinen wie vor großen, Ihr versteht —

Hamilton.

Ihr wünscht dem Kaiser eine Niederlage,

Daß Ihr nur triumphirt. Pfui, schämt Euch deß,
Und doppelt als des Kaisers Kämmerling!
(ab.)

Rimbsch.

Du spielst den Wichtigthuer nimmer lang!
Die Sichel, die im Feld die Aehre streckt,
Nimmt auch die Bicke mit in scharfer Mahd'
Und die so stolz genickt, liegt auf der Streu.
(Rimbsch mit einigen Kriegsmännern und einem Feldscheer tritt auf;
er ist am Arm verwundet. Das Getümmel in der Ferne wächst.
Rimbsch tritt vor Steru.)

Palfy.

Verbindet mir die Wunde, rasch, nur rasch!
Stellt sich die Ordnung nicht in Eile her
In unser'n Reih'n, so ist die Schlacht verloren.
(er wird verbunden.)
So ist's schon gut. Fort ohne Aufenthalt!
Den Pallasch her und in den Feind hinein!
(er ergreift den Pallasch wieder.)
Die Niederlage überleb' ich nicht:
Ich will mein Vaterland nicht türkisch seh'n.
(Prinz Ludwig tritt auf.)

Prinz Ludwig.

Durchbrochen ist das zweite Treffen auch,

Das noch dem Sturm der Spahi stand als Mauer —
Von unsern Fahnen wich das alte Glück!

Palffy (den Pallasch schwingend.)
Kommt, Prinz, verkaufen wir dem Feind das Leben
So theuer, als es auf dem Markt jetzt gilt.
(Beide fassen sich an der Hand.)

Prinz Ludwig (im Abgehen).
Die Rächer, Palffy, werden uns erstehn.
(hinter der Scene.)
Auf, streitet herzhaft fort, ihr deutschen Brüder!
(das Getümmel in der Nähe wächst.)

Nimbsch.
Nun, unbesiegter Held Eugenius,
Wie lang gedenkst Du noch uns anzuführen?
Doch diese Frage stellt Dir bald ein Andrer.
Auf Wiedersehn in Wien beim Kriegsgericht!
(Ab nach links. Während der Kriegslärm zunimmt, bleibt die Bühne einige Augenblicke leer. Eine Schaar Grenadiere von Sergeant Eschenauer geführt kommt vom Gefecht erschöpft auf die Bühne. Letzterer trägt die Regimentsfahne.)

Sergeant Eschenauer.
Da wollen wir uns steif und fest postiren.
Wir blasen diese Allahschreier weg,

Daß man mit Turbans pflastern kann bis Wien —
Stern, Ramassan und Schibuck aufeinander!

Ein Grenadier.

Ach, uns wird's kaum mehr zur Menage blasen!

Ein anderer Grenadier.

Wir kochen nächstes Mal im Himmel ab!

Sergeant Eschenauer.

Was, mir pressirt's noch nit so bald hinüber,
Ich schmalz' mir meine Supp' mit Türkenfett —
Stern, Ramassan und Schibuck aufeinander!

(Rufe: "Prinz Eugen!" Die Grenadiere schultern, Sergeant Eschenauer salutirt mit der Fahne. Ein Tambour schlägt den Wirbel. Prinz Eugen erscheint auf der Bühne, gefolgt von den Prinzen und Hamilton sowie dem Stab des Feldmarschalls.)

Die Grenadiere.

Vivat Eugenius, unser Feldmarschall!

Prinz Eugen (salutirend).

Gut' Morgen, Kinder, nun wie steht's bei euch?

Ein Grenadier.

Die Türken haben diesmal uns getauft.

Sergeant Eschenauer.

Das halbe Regiment ist schon caput,

Cornet und Offiziers sind weggeputzt,
Doch haben wir Gottlob die Fahne noch.

Prinz Eugen.
Er nennt sich Eschenauer?

Sergeant Eschenauer.
Zu Befehl.

Prinz Eugen.
Er ist blessirt. Ist kein Chirurgus da?

Sergeant Eschenauer.
Braucht's nit, ich bin mein Feldscheer selber,
Durchlaucht,
Doch unser General —
(Prinz Ludwig wird schwer verwundet daher geführt.)
und da der Prinz.

Hamilton.
O Gott! Es ist Prinz Ludwig von Savoyen!
(Er eilt auf ihn zu und schließt ihn in die Arme, Prinz Eugen
und die Uebrigen treten theilnehmend heran.)

Prinz Eugen (dem Verwundeten die Hand reichend).
Nun, junger Held, gedenkst Du schon zu scheiden?
Doch nein, das Vaterland bedarf noch Deiner —
Sergeant, helft mir die Wunde ihm verbinden.

Prinz Ludwig.

Laßt sein! Es ist zu spät — das Blei sitzt tief —
<small>(er bricht zusammen.)</small>
Der Athem flieht mir weg —

Prinz Eugen.

Leb wohl, mein Sohn!

Prinz Ludwig.

Ich dank' Euch, Ohm, für alle Lieb' und Güte —
Freund Hamilton, lebwohl! Ade Kamraden! —
Verleihe Gott dem Kaiser Glück und Sieg!
<small>(Er stirbt. Alles kniet. Pause.)</small>

Prinz Eugen.

Er starb den Heldentod, den oft er wünschte.

Sergeant Eschenauer.

Von dem wird man noch reden über's Grab!

Hamilton <small>(auf die hervorbrechende Sonne deutend).</small>

Der Himmel thut sich auf, ihn zu empfangen!

Prinz Eugen <small>(halb für sich).</small>

Mein Testament hab' ich umsonst gemacht!
<small>(laut.)</small>
Wir bringen ihn zu Nacht nach Peterwardein
Und senken ihn in's frühe Grab.

(Er wendet sich und wischt sich eine Thräne ab; der Leichnam wird hinweggetragen, sie geben ihm Geleit bis zum Rand der Bühne.)

Genug!
(zu Hamilton.)
Der Prinz von Braunschweig soll hier Posto nehmen.

(Hamilton ab nach links. Prinz Alexander von Würtemberg tritt auf mit Offizieren von derselben Seite.)

Prinz Eugen.
Wie steht es drüben?

Prinz Alexander.
Die Redouten sind
In unsrer Hand mitsammt dem Feldgeschütz,
Doch hat es braves Volk genug gekostet,
Die Graben sind gefüllt mit Freundes=Leichen —
(bewegt.)
Ich habe meine besten Offiziers verloren.
(Beide steigen den Hügel hinan, gefolgt vom Stabe. Die Prinzen und Grenadiere bleiben zurück.)

Prinz Eugen (im Aufsteigen).
Der Nebel hat uns einen Streich gespielt
Und groß ist unsre Einbuß, doch es gilt
Zu weihen diese Opfer und zu siegen.
Hier oben überschau'n den Plan wir besser.
(Er mustert mit dem Fernrohr die Schlachtlinie. Wachsender Schlachtlärm und Kanonendonner.)

Sergeant Eschenauer.

Dort kommt der Braunschweig an mit seinen
Wölfen —
(Hamilton und Prinz von Braunschweig werden links zwischen
den Coulissen sichtbar, hinter sich Bewaffnete.)
Da wollen wir uns einrolliren. Vorwärts!
(er tritt mit den Grenadieren hinüber.)

Prinz Alexander.

Ich mache Eure Durchlaucht aufmerksam,
Daß Sie vor Kugeln hier nicht sicher sind.

Prinz Eugen.

Ei was, das matte Zeug crepirt vor uns!
Doch dort, was muß ich seh'n, im Centrum häufen
Die Türken sich vor unsern Batterien,
Sie schieben sich in eine Lücke ein —
(er kehrt um.)
Wir stehen in Gefahr zersprengt zu werden.
(im eiligen Herabsteigen.)
Rückt rasch im Schrägmarsch nach dem Punkte zu,
Ich führe die Reserven vor in's Feuer.
(Prinz Alexander eilt ab mit seinen Offizieren. Prinz von
Braunschweig und Hamilton nähern sich.)
Ist der Succurs parat? Prinz Braunschweig!

Prinz Braunschweig.

Hier.

Prinz Eugen.

Stellt Euch mit den Schwadronen auf die Flügel
Und laßt auf hundert Schritt Fanfaro blasen.
Die Stücke sollen all' auf einmal donnern.

(Prinz Braunschweig ab.)

Die Fahne vor!

(Sergeant Eschenauer tritt mit der Fahne vor.)

Avantageurs und Prinzen an die Tête!

Die Prinzen und Hamilton (im Vorrücken).

Mit Prinz Eugen für Gott und unsern Kaiser!

Prinz Eugen (den Degen ziehend).

Mon Dieu! Gott ist mit uns. Avance!

(Prinz Eugen ab; Alle folgen ihm unter Hurrahrufen und den
Klängen des Eugenius-Marsches. Starker Geschützdonner.)

(Verwandlung.)

(Zelt des Prinzen Eugen. Gräfin Bathyany und Stephanie,
gefolgt von Andreas, treten von links auf. Unterweilen hört
man noch einen Kanonenschuß in der Ferne.)

Gräfin Bathyany.

Prinz Ludwig, wie erschreckte mich der Arme!
Als sie ihn aufgedeckt, war mir's zuerst,
Ich sähe Prinz Eugen; ergraute Helden,
Sagt man, erscheinen stets im Tode jung.

Andreas (sich die Augen wischend).

Ich hab' den jungen Herrn so klein geschaut
Und alle Staffeln Jahr für Jahr hinauf,
O ich hab' ihn von weitem schon erkannt.

Stephanie.

Doch Hamilton, vernahm man nichts von ihm?

Andreas.

Genug Spektakel! Das war Euch ein Schießen!
Der Türk' war schon in's Lager eingedrungen,
Doch flink war unser Seckendorf zur Hand
Und hat sie wie die Horniss' ausgeräuchert.
(Stephanie enteilt.)
Bei Leibe, Fräulein, halt, was fällt Euch ein?
(er läuft ihr nach.)
Es kann noch immer was geflogen kommen.

Stephanie.

Laßt mich, ich sterbe sonst aus Angst um ihn.
(Ab, von Andreas gefolgt.)

Gräfin Bathyany.

In aller Sorge hebt mich eine Hoffnung:
Daß sich Graf Nimbsch verspätet hat hierher
Und Prinz Eugen, noch Schiedsherr seiner Lage,
Im Stand vollkomm'ner Kriegsgewalt gehandelt.

Das wird ihn sichern vor Verdruß und Nachtheil,
Im Fall es schlimm geht, wie ich beinah' fürchte.
Ihr Engel, steht dem Unerschrocknen bei!
(Man hört außen „Victoria" rufen.)
Wie, hör' ich recht? Es ruft Viktoria.
Der Sieg ist unser! Juble Herz und danke
Dem Herrn, der seines Dieners Arm gestählt
Und ihn verrichten ließ solch kühnes Werk!
(Hamilton tritt eilig in das Zelt.)
Graf Hamilton! —
(sie eilt ihm entgegen.)
Willkommen junger Held!
(sie umarmt ihn.)
Doch Prinz Eugen! O redet mir von ihm,
Sagt, daß er lebt!

Hamilton.

Er lebt, grenzt es auch fast
An's Wunder, daß Er uns erhalten blieb.
Doch wo ist Stephanie? Ich hörte schon,
Daß sie im Lager sei.

Gräfin Bathyany.

Sie sucht nach Euch —
Der Unband war nicht länger hier zu halten.

Hamilton.
Ich muß zu ihr, gestattet daß ich gehe.
(er will ab, neue Jubelrufe außen.)

Gräfin Bathyany.
Doch erst laßt mich die Siegeskunde hören,
Daß ich frohlocken kann im Chore mit
Und Prinz Eugen aus froher Brust begrüßen.

Hamilton.
So hört denn, was sich Großes hat begeben
Auf selt'nem Schicksalsweg herbeigeführt,
Ein Wunder nach der Seltenheit der Handlung.
Die Schlacht war sein beschlossenes Geheimniß
Seit Langem,
Wie gestern sich im Kriegsrath offenbart.
Wir standen hier im Zelt zu Nacht versammelt
Und schon war die Parole ausgetheilt,
Ja mehr, wir harrten des Signals zur Schlacht,
Als sich ein Herr anmelden ließ dem Prinzen.
(Gräfin Bathyany sinkt zitternd auf einen Feldstuhl.)
Graf Nimbsch trat ein und übergab ein Schreiben
Mit Hinweis auf das kaiserliche Siegel —

Gräfin Bathyany (ihn hastig unterbrechend).
Und Prinz Eugen?

Hamilton.
Er nahm es, las den Inhalt
Und war daran den Boten zu bescheiden,
Da fiel der Schuß, dem rasch der Feldherr folgte.

Gräfin Bathyany (ihr Gesicht mit der Hand bedeckend; doch halb für sich).
Das werden seine Feinde ihm vermerken!

Hamilton.
Wir rückten in das Feld in todter Stille.
Ein dichter Nebel, der vom Strom herauf
In's Thal sich breitete, verhüllte uns.
Schon waren wir dem Türkenlager nah',
Als Palffy, der den linken Flügel führte,
Getäuscht vom Luftbild auf ein Erdwerk stieß,
Drin eine Feldwacht lag, die sorglos schlief.
Erschreckt fuhr sie empor und ihre Schüsse
Versetzten in Allarm ein ruhend Heer.
Bald ward es reg' vor uns! Gewaffen blitzten,
Allah! ertönt, die Zinken schmettern drein
Und nun erscholl auch der Geschütze Mund.
Die Feldschlacht war entbrannt im weiten Bogen.
Der wilde Feind, dreifacher Uebermacht
Sich wohl bewußt, drang unaufhaltsam vor
Und beide Flügel kamen uns in's Wanken.
Mit großen Opfern, (Mancher Edle sank),

Erkauften wir den Stillstand ihrer Wuth.
Da ballten sich im Zentrum neue Haufen
Und nochmals schwankte des Geschickes Wage.
Doch Prinz Eugen's gewalt'ger Feldherrnblick
Ersah kaum die Gefahr, als er zum Sturm
Die knirschenden Reserven vorwärts führte.
Dem Kriegsgott gleich zog er vor Allen hin
Und warf mit kühnem Stoß ein Heer zu Boden.
Der Erste auf der Schanze pflanzt er dort
Mit eig'ner Hand den Doppeladler auf,
Deß' herrlich Flattern weit die Seinen grüßte.
Jetzt war dem Feind der tolle Muth gesunken:
In wirrer Hast floh er der Donau zu,
Wo er sich selbst begrub im Wellenschoß —
Die Trümmer seiner Macht sind kläglich klein.

Gräfin Bathyany.

Ein solcher Sieg macht jeden Neid verstummen!
Ja Alle müssen Recht ihm geben, Alle.
Der Kaiser wird großmüth'gen Sinns bedenken,
Was ihm der Weitblick seines Feldherrn schuf
Und ihm die eigenherrliche That belohnen.
O endlich athm' ich wieder ruhig auf!

(zu Hamilton gewandt.)

Doch Stephanie an meiner Stelle hier
Wie hätte sie in Thränen nachgeholt
Die Furcht, von der sie nichts zu wissen vorgab,

4

Wie sie mir sagte, freilich sagte bloß,
Denn wer schaut in das Herz der Liebenden?

Hamilton.

Ich glaub' es ihr, daß sie so hochgemuth war.
O hört, was mir begegnet ist mit ihr,
Vielmehr mit ihrem Bild und Schatten heute.
Als ich am Morgen durch das Schlachtfeld sprengte,
Um eine wicht'ge Ordre zu bestellen —
— Ich wußte nimmer, saß ich noch im Sattel
Oder ward auf Flügeln frei dahingetragen
Durch's Haideland, das trüber Duft verhing —
Da war es mir, als theile sich mit Einmal
Der Flor und eine liebliche Gestalt
Enthüllte sich aus den zerrißnen Nebeln.
Die weichen Locken fließend aufgelöst,
In hocherhobner Hand den Eichenzweig,
Womit sie mir im Flug zu winken schien,
Als wollte sie den Lohn des Sieg's mir zeigen,
So schwebte sie vor mir bald nah bald ferne
Und da verschwunden tauchte dort sie auf —

(Stephanie erscheint von ihm unbemerkt an der Thür des
Zeltes; sie hält einen Eichenzweig in der Hand.)

Und stets und neu begrüßt' ich Stephanie.

Stephanie.

Da ist dein Traum leibhaft, du lieber Schwärmer!

(sie fliegt ihm in die Arme.)

Hamilton (sie umschlingend.)

Einzig Geliebte, süße Stephanie!

Stephanie.

O endlich, endlich bist du wieder mein,
Nach langer Trennung halt' ich dich umfangen.
Wie ist mir traut und wohl in deinem Arm!
Doch machst du staunen mich, so schön bist du
Im Glanz des Siegers.
(seinen Helm erfassend, den sie bekränzt.)
Komm', laß dich bekränzen,
Begraben dir den Helm in's Laub der Eiche,
Das ich dir eben frisch vom Baume brach.
(indem sie ihm den Helm wieder aufsetzt.)
So muß ein Krieger dastehn nach der Schlacht!
(ihn neu umarmend.)
Voll Stolz nenn' ich dich mein, so stolz wie nie.
(Man hört draußen Jubel und Hochrufe auf Prinz Eugen.)

Gräfin Bathyany.

Horch, Prinz Eugen naht schon.

Stephanie (Hamilton's Hand erfassend.)

Entgegen ihm!
(Die Zeltthür öffnet sich; man sieht Prinz Eugen und seine Suite.

4*

Prinz Eugen (noch draußen).

Wallmoden's Cuirassiere hauen nach,
Graf Mercy folgt mit zwanzig Bataillonen.
Doch gab ich strenge Ordre, der Gefang'nen
Zu schonen, Blutes floß auch so genug.

(er tritt an der Stirn verwundet in das Zelt, gefolgt von allen Generalen, außer Palffy, den Prinzen und vielen Officieren; die Gräfin erblickend.)

Wen seh' ich da? Frau Gräfin, Sie sind hier?

(er reicht ihr beide Hände.)

Gräfin Bathyany.

Ja, theurer Prinz, ich hab' mich aufgemacht,
Da es in Wien mir keine Ruhe ließ.
Mein Gott, Sie sind blessirt!

Prinz Eugen.
Ein Streifschuß nur!

(auf Hamilton und Stephanie deutend.)

Da haben sich die Beiden schon gefunden.

Gräfin Bathyany (das Medaillon hervorziehend).

Doch daß ich gleich das Wichtigste vermelde:
Ich bin beauftragt, hier dieß Angedenken
Euch zu vertrau'n.

Prinz Eugen (das Bild betrachtend).
Mein gnädiger Herr und Kaiser! —

Daß ich Dir ungehorsam werden mußte!
(er sucht in beiden Taschen und zieht die Ordre hervor, die er
liest; nachdem er gelesen.)
Dein Wille war's, daß ich nicht schlagen sollt' —
(umherblickend.)
Wo ist Graf Nimbsch?

Heister (vortretend).

Er rollt schon gegen Wien,

Prinz Eugen.

Und muß so als der Erste unserm Kriegsherrn
Die Nachricht bringen dieses großen Siegs.
Dann wird der edle Karl uns wohl nicht zürnen,
Daß wir uns seiner Ordre widersetzt,
Nein, er verzeiht es sicher. Eilt nur zu
Herr Kämmrer, frohe Post kommt nie zu früh.
(Graf Palffy tritt stürmisch in das Zelt.)

Palffy.

Triumph, Triumph, auch Belgrad ist gefallen!
Die weiße Fahne weht von seiner Zinne.
O Freudentag, der uns die Freiheit bringt
Und sie verbürgt den künftigen Geschlechtern!
Ich fühle meine Wunden nimmer brennen
Und meines Herzens Jubel übertäubt den Schmerz.
(Er reicht Alexander von Würtemberg und einem der zunächst

stehenden Generale die Hände. Zwei Paschas mit Gefolge treten
in das Zelt, davon der Eine eine Papierrolle, der Andere auf
einem Kissen die Schlüssel von Belgrad trägt. Die Türken
werfen sich vor Prinz Eugen auf die Erde.)
Gefegt vom Heimatboden ist der Erzfeind
Und frei durch Ungarns Triften strömt die Donau.

Prinz Eugen.

Die Donau — ja, Ihr nennt das rechte Wort!
Sie werden leicht aufathmen nun in Wien,
Wenn diese Ader ungehemmter fließt:
Auf ihrem Rücken trägt sie Oestreich's Glück.

Ein Pascha.

Des Allbarmherz'gen Hülfe über dich!
Der Großvezier, der Schatte unsres Herrn
Achmed, des unüberwindlichen Monarchen,
(Heiterkeit unter den Generalen; Prinz Eugen bleibt ernst.)
(Den Allah segnen und behüten möge!)
Entsendet uns, o großer Held, und heißt
Den Boden uns vor dich im Staub zu küssen
Und dich in seinem Namen anzufleh'n
Um einen Freundschaftsbund, als dessen Pfand
Er dir die Schlüssel Belgrads übersendet,
Sowie das weit're Angebot des Friedens.
(Die Schlüssel Belgrads und das Friedensgesuch werden auf den
Wink Prinz Eugen's entgegengenommen.)

Prinz Eugen.

Antwortet Eurem Herrn, der Friede sei
An einem andern Orte zu erbitten.

(indem er Rolle und Schlüssel Hamilton überweist.)

Der Antrag geht mit den Trophä'n nach Wien
Zu Kaiser Karl.

(die türkischen Gesandten entfernen sich wieder.)

Nun laßt uns Gott für die Viktoria danken!

(Indem er entblößten Hauptes mit allen Anwesenden niederkniet, öffnet sich die Rückwand des Zeltes und man sieht das Heer in Gruppen geordnet auf den Knieen. Alle stimmen unter Musikklängen und Salutschüssen das Tedeum an. Von der Zinne Belgrads im Hintergrund flattert die weiße Fahne.)

(Der Vorhang fällt.)

III. Akt.

(Saal im Kaiserlichen Lustschloß der Favorita zu Wien, beider=
seits mit Ausgängen in eine Galerie. Ein Thronsessel mit einem
Tisch davor, in der Mitte des Saales, seitwärts ein Prunktisch
mit Silberzeug, darunter ein Pokal. Kaiser Karl kommt in Ge=
spräch mit dem Erzbischof Cardona aus dem Nebenraum. Graf
Althan blickt in Gedanken gegenüber in die Galerie.)

Kaiser Karl.

Seltsam, Herr Erzbischof, als Ihr die Messe
Vergangnen Sonntag in der Burg uns laset
Und das pro imperatore jetzt gesprochen,
Da war es mir, als hört' ich in der Höhe
Des hohen Chors Ambrosius' Lobgesang
Von vielen Kehlen angestimmt, ich wandte mich
Und blickte staunend auf, doch sah ich nichts:
Es war so still als vorher dort im Dämmer
Und hatte nur im Ohr so hehr geklungen.
Wie deuten Euer Gnaden sich das Wunder?

Cardona.

Für eine Sinnestäuschung nehm' ich's auch,

Die freilich lehrt, wie Eure Majestät
Um Dero ferne stehend Herr sich kümmert.

Kaiser Karl (setzt sich).

Für dieß erkärt es auch die Kaiserin
Und (setzte sie hinzu in froher Ahnung)
Vielleicht liegt die Anfage auch darin,
Daß uns ein Leibeserbe unterwegs,
Der unf'rer Monarchie einst Heil wird bringen.

Cardona.

Und beide Kronen wiederum besitzt.

Kaiser Karl (lächelnd).

Auf diese Anspielung war ich gefaßt.

Graf Althan.

Dort kommen Schlick und Stahremberg in Eile!
(er tritt heran).

Kaiser Karl.

Was für ein wichtiger Drang mag sie beflügeln?

Cardona.

Gott gebe, daß er unf're Sorgen mind're!
(Schlick und Guido Stahremberg treten auf.)

Kaiser Karl.

Was bringt der Kriegsrath uns für Neuigkeiten?

Stahremberg.

Sir, in der Stadt ist das Gerücht verbreitet,
Daß eine Schlappe wir im Feld erlitten,
Ja mehr, daß die vereinigte Armada
Total zersprengt und aufgerieben ward.

Kaiser Karl (aufstehend).

So schlimmer Post hätt' ich mich nicht versehn!

Schlick.

Die Rede geht sogar von Prinz Eugen's
Gefangenschaft, nach Andern wär' er todt.

Kaiser Karl.

Das träf' uns härter noch als eine Schlappe!

Graf Althan.

Noch in die Erde müßte man ihm fluchen!

Cardona.

Der Himmel züchtigt, die im Stolze freveln.

Kaiser Karl.

Ein schlimmer Trost, doch klammert sich das Herz
Noch an die Hoffnung, daß die Fama log.

(Graf Rimbsch tritt auf).

Ihr Heiligen, der Kelch kommt doch an uns!

Nimbsch.

Und bittren Wermuths voll ist ach! sein Inhalt.
Ich melde was ich sah, nichts Andres, Sir.
Die Donau, könnte sie zu Berge fluthen,
Sie käme rothgefärbt von theurem Blut
Und ihre Wogen schleuderten die Trümmer
Gar wohlbekannter Waffen an das Land,
Die klagten: alle Rüstung war vergebens,
Muthwillig ward ein ganzes Heer geopfert,
Vor Belgrad lagern keine Christen mehr.

(Der Kaiser sinkt in den Sessel zurück und verhüllt sich das Gesicht.)

Cardona.

Die Hand des Herrn hat schwer sein Haupt getroffen,
O hätte man doch früher uns gehört!
Wir riethen stets zum Wechsel im Commando.

Kaiser Karl.

Ihr Requiem war der vernomm'ne Chor!
Laßt mich allein, daß sich das Herz kann fassen.

(Die Umgebung tritt zurück und unterhält sich lebhaft mit Nimbsch.)

Kaiser Karl (die Hände gefaltet).

O Herr, Du prüftest Deinen Diener schwer
Und straftest ihn für seine Sünden hart.
Er wollte Deines Namens Ruhm erhöhn,

Nun schallt aus der Ungläubigen Mund sein Spott.

(Man hört viele Stimmen in der Ferne.)

Gib Kraft ihm, daß er das Gericht ertrage
Und sich ergebe fromm in Deinen Willen.

(Das Getöse wächst, dazwischen hört man die Klänge von Post=
hörnern.)

Es schwirren bange Laute durch die Luft:
Ganz Wien erhebt um die Gefall'nen Klage.

Althan (vortretend).

Prinz Ludwig von Savoyen ist darunter —
Er hört es nicht, so hat es ihn gebeugt.

Cardona (halblaut).

Horch, Hörnerklänge mischen sich darein!

Schlick (ebenso).

Auch mir fällt just dieß auf. Was kann's bedeuten?

Stahremberg (zu Nimbsch).

Wenn Ihr nur nicht zu schwarz uns aufgetragen?

Nimbsch.

Seid unbesorgt, ich sah, was ich gemeldet.

Kaiser Karl.

Was schallt so mächtig her und lärmt und jubelt,
Als hätte sich das höchste Glück begeben?

Cardona (zu Althan).

Es schwillt die Menge draußen, seht doch nach,
Was für Ergötzen sie Verzweiflung lehrt.

(Althan eilt nach der Galerie, Diener stürzen ihm entgegen. Viktoriarufe und Lebehochs auf den Kaiser und Prinz Eugen werden vernommen, bald auch Salutschüsse und das Geläute aller Glocken in Wien.)

Kaiser Karl (erhebt sich).

Es schießt Viktoria, hört ihr es nicht?
Und deutlich spricht der Glocken Zunge mit,

(zu Cardona.)

Erklärt Ihr dieß wohl auch für Sinnestäuschung?

(Cardona zuckt die Achseln.)

Althan (zurückkommend.)

Man redet, Sir, von einem günstigen Treffen —

Cardona.

Das auf dem Rückzug wohl gewonnen ward?

(Diener und Hartschiere werden sichtbar, welche mit ihren Hellebarden das nachdrängende Volk aufhalten. Die Hüte werden jubelnd dem Kaiser entgegengeschwenkt. Die Hellebardire schaffen Raum für ein Spalier. Die Umgebung ist zum Kaiser herangetreten; derselbe hat sich erhoben, doch immer bedeckten Hauptes.)

Kaiser Karl.

Wir werden hören, ob Ihr Recht behaltet —

Das Herz schlägt hoch und zittert vor Erwartung —
(zu den Wachen.)
Laßt ein mein Volk, heut' gibt es keine Schranken!
(Das Volk stürzt jubelnd in den Saal und ordnet sich selbst.
Unter dem Vorantritt von sechs Postillonen, blumenstreuender
Mädchen, sowie vieler Edlen und Bürger, welche die Trophäen
von Belgrad tragen, zieht Hamilton ein, zu beiden Seiten zwei
Kämmerer, welche das türkische Friedensgesuch und die Schlüssel
der Festung paradirend halten. Das Geläute und die Salut=
schüsse dauern fort.)

Kaiser Karl.

Ist das nicht Hamilton, Eugenius' Schützling?
(Hamilton kniet nieder.)
O seht, Bewegung raubt ihm fast die Sprache.
Steht auf und kündet uns, was macht der Prinz?
Ist er am Leben noch? Versichert mir!

Hamilton.

Er ist es, Sire, und er entsandte mich
Zu melden einen wunderbaren Sieg.
Die Donau ist gestaut von Türkenleichen —
Erschrocken blickte sie zwar im Beginn
Zu Belgrad's Höh'n nach der entbrannten Schlacht,
(Der Boden bebte und sie bebte mit,
Die in Gewittern ihre Fluth genährt
Und oft den Blitz in ihrem Schooß gelöscht)
Und sie verbarg die Brust im schilfigen Bett,

Doch jetzt trägt sie die Stirne hochgemuth
Und läßt die aufgerollten Haare wallen
Der Save zu, die schwesterlich sie grüßt
Mit frohem Rauschen, Beide freudentoll,
Daß sie des Erbfeinds Joch nicht länger drückt.
(Neuer Jubelsturm.)

Kaiser Karl.

Ich athme auf von Dank bewegt zu Gott,
Der die Gefahr zu unserm Heil gewendet
(gegen die Bürger.)
Und Wien vor neuer Türkennoth bewahrt!
(Ein alter Bürger schleppt sich aus dem Gedränge am Krückstock
vor den Kaiser.)

Der Bürger.

Ich hab' sie miterlebt die Türkenzeit
Und kann davon erzählen, gnädiger Kaiser.
Noch steht der Brand der Dörfer mir vor Augen,
Der Schlösser und der weiten Vorstädt' Wien's.
Ja, Alles wär' hier in den Grund gesunken,
Wenn uns der Sobiesky nicht genaht
Und unserm Karl von Lothringen geholfen.
Auch Prinz Eugenius focht in unsern Reih'n,
Mit zwanzig Jahren schon der Stolz der Wiener.
Da war's, als nach der Schlacht der Prinz von
         Baden

Dem Kaiser Leopold ihn vorgestellt
Und mit der Hand auf ihn gezeigt: „Herr Kaiser,
Das wird einmal ein großer General,"
Sprach er dazu und so ist's auch gekommen.

Die Bürger.

Gott schütze unsern Retter Prinz Eugen!

Kaiser Karl.

Füllt mit Nußdorfer den Pokal mir dort, —
<small>(Diener holen und füllen den Pokal.)</small>
Indessen endet die gewaltige Botschaft.
<small>(der Kaiser ergreift den Pokal.)</small>
Hoch Prinz Eugenius und das tapfre Heer!
<small>(Während der Kaiser trinkt, fällt das Volk jubelnd ein: Hoch, hoch, hoch!)</small>

Hamilton.

In dieser Rolle fleht der Feind um Frieden,
<small>(er überreicht den Brief des Großveziers.)</small>
Erobert liegt zu Euren Füßen Belgrad,
<small>(er überreicht die Schlüssel Belgrad's.)</small>
Hier grüßen die erbeuteten Trophäen.
<small>(Die Trophäen werden gesenkt.)</small>

Kaiser Karl <small>(dem eine Fahne gereicht wird).</small>

Wir weih'n sie dankbar Dem, der sie uns schenkte —

Hängt sie im Stephansdom dem **Höchsten** auf!
(er gibt die Fahne zurück; zu Hamilton.)
Doch Ihr, des Sieges hochwillkommner Bote,
Begebt Euch in die Burg zur Kaiserin,
Doch laßt Fanfare blasen vor Euch her,
Daß sie bereitet sei auf Eure Post
Und ihr die Freude nicht das Herz erschüttre,
Dann kehrt hierher ins Schloß der Favorita
Und meldet, wie die Noth in grimmen Wehen
Dieß Heil gebar.

Hamilton.

Gestatten Eure Majestät,
Daß ich den Schlachtbericht des Feldmarschalls
In Dero Hand, wie mir befohlen, lege.

Kaiser Karl
(das Schreiben entgegennehmend).

Er wird als Denkmal von Eugenius' Ruhm
Von uns getreu verwahrt für ewige Zeiten.
Nun zieht in Huld entlassen, junger Held.
(Der Zug entfernt sich unter Musikklängen, wie er gekommen durch die entgegengesetzte Galerie. Der Kaiser winkt bewegt den Vorbeiziehenden. Der Saal leert sich und nur die früher Anwesenden bleiben zurück.)

Stahremberg
(zu Schlick, während sich der Zug entfernt).

Das heiß' ich mal impertinentes Glück!

5

Schlick.

Ich bin neugierig auf den Schlachtbericht.

Althan
(zu Nimbsch).

Ihr hattet Euch zu frühe aufgemacht.

Nimbsch.

Weiß Gott, es stund verzweifelt, als ich abging.

Cardona.

So was geht nicht mit rechten Dingen zu!

Kaiser Karl
(der seiner Bewegung indeß Meister geworden).

Wir haben uns demnach umsonst geängstet!
Zu sehr beeilte sich der Unglücksrabe,
Doch flog die Friedenstaube rasch ihm nach.
(zu Cardona.)
Jetzt faß' ich jenen goldnen Klang im Ohr,
Es war der Helden ferner Lobgesang.
(Er setzt sich.)
Lest uns, Graf Stahremberg, den Schlachtbericht.

Graf Stahremberg
(liest.)

„Ich habe groß' Viktoria zu melden:
Die türkische Armee ist abgefertigt,

Sie floh landein und ließ in unsern Händen
Ihr ganzes Lager sammt Geschütz und Kriegszeug.
Dazu erbeuteten wir fünfzig Fahnen,
Roßschweife und Heerpauken nicht gerechnet,
Gefang'ne schätz' ich mehr als zwanzigtausend."

Kaiser Karl
(zu Stahremberg und Schlick).

Ihr Herrn, was sagt Ihr zu der stolzen Kunde?
(Nachdem er die Ueberraschten eine Weile firirt, winkt er weiter
zu lesen.)

Stahremberg.
„Gleichzeitig meld' ich Belgrad's Uebergabe.
Wir haben die Besatzung in Gewalt
Benebst sechshundert Mörsern und Karthaunen,
Ingleichen die Flotille auf der Donau" —

Kaiser Karl.
Hört ihr, die Niederlage ist perfekt —
Doch auf der andern Seite, nicht auf unsrer.
Lest weiter!

Stahremberg
(liest).

„Die Wahlstatt ist bedeckt mit Feindesleichen,
Auch wir betrauern Wackere genug.
Mein Brudersohn, Prinz Ludwig —
(Kaiser Karl erhebt sich erschrocken; während sie den Eindruck
auf ihn beobachten, fährt Stahremberg mit gedämpfter Stimme
fort.)

— hauchte aus
Sein junges Leben für die Ehre Oesterreichs."

Kaiser Karl
(nach einer Pause).
Ich fühle, was sein Herz an ihm verlor.

Stahremberg
(liest weiter).
"Den Sieg verdanken wir nächst Gottes Hülfe
Allein der lobenswerthen Aufführung,
Dem kühnen Muth und der fast unerhörten
Standhaften Tapferkeit der Combattanten,
Die nach Gebühr zu lohnen ich die Liste
Der nächsten und besonders Meritirten
Zur Allerhöchsten Kenntniß beigeschlossen."

Kaiser Karl
(die Schrift entgegennehmend).
Es soll an ihrer Promotion nicht fehlen.
Der Tag steht einzig da in den Annalen
Des Kriegs, (er blickt in die Schrift) doch folgt noch
ein Postscript.
(er liest.)
"Die Weisung Eurer Majestät mich nicht zu schlagen
Erhielt ich, leider war ich außer Stand
Derselben, wie ich wollte, nachzukommen,"
(Bewegung.)
"Da ich sonst unfehlbar beim Retromarsch
Nicht nur empfindlichen Verlust erfahren,

Vielmehr auch Belgrad mußte liegen lassen,
So daß in so strapaziösem Feldzug
Die Operationes all umsonst gewesen,
Daher ich um geneigt Pardon einkomme,
Der ich mich nenne Dero treuen Diener
Und Unterthan Eugenio von Savoye."
(er legt das Schreiben vor sich auf den Tisch und verharrt eine
Weile in Schweigen.)
Ich muß den Nachsatz nochmals überlesen.
(für sich.)
„Erhielt ich — leider war ich außer Stand
Derselben wie ich wollte zu gehorchen.
Verlust — Gefahr — strapaziöser Feldzug —
Daher ich um geneigt Pardon einkomme? —"
Es stimmt und stimmt doch nicht, was meint Ihr,
Althan?

Althan
(absichtlich verlegen).

Was soll ich sagen, Sir, — Ich bin betroffen
Und denke dran, was damals Eure Majestät
Gleichsam wie in prophet'schem Geist gesprochen.

Kaiser Karl.
Wie lautete das Wort, auf das Ihr zielt?

Althan.
Ihr mahntet, einen Fall nicht zu erörtern,

Den just der Kriegsherr für undenkbar halte.

Kaiser Karl.

Ganz richtig, ich entsinne mich genau
Und ich gestehe zu, daß mich der Inhalt
Der kurzen Nachschrift in der That frappirt.
Es fällt mir schwer, mich selbst zu widerrufen,
Doch muß es dießmal sein — auch wiegt der Sieg
In reichem Maaß die Uebertretung auf.
Doch für die Zukunft will ich Vorkehr treffen,
Daß solches sich nicht wiederholt, es käme
Dem kaiserlichen Anseh'n nicht zu gut.

Althan.

Dieß ist es, was auch uns in Sorge stürzt.

Kaiser Karl.

Für dießmal laß ichs gern dabei bewenden.

Althan.

Die Gnade Eurer Majestät ist unerschöpflich,
Wo anders wäre Anderes erfolgt.

Stahremberg.

Als Minimal die strengste Untersuchung —

Schlick.

Und Ueberweisung an ein Kriegsgericht.

Cardona.

So wenig ich die Heerverfassung kenne
Und eine Stimme mir beilegen darf,
Wie diese Herrn, so find' ich doch mit Nimbsch
Die Art und Weise mehr als sonderbar,
Ja wie berechnet auf ein Aergerniß,
Mit der sich dieser Unterthan benahm,
Als er die Ordre seines Herrn empfing.

Kaiser Karl
(einfallend).

Wie so? Graf Nimbsch, laßt mich das Näh're wissen!

Nimbsch.

Ich kam um Mitternacht im Lager an,
Da sich die Generalität zum Kriegsrath
Im Zelt des Prinzen just versammelt fand.
Vom Diener angemeldet trat ich ein
Und händigte mit ziemlichem Geleitswort
Ihm Eurer Majestät Handschreiben ein,
Betonend, daß die Ordre höchst pressant.

Kaiser Karl.

Und was erwiederte der Feldmarschall?

Nimbsch.

Er brummte, ohne daß er an den Hut
Nur griff, den Rücken halb mir abgekehrt —

(er stockt, wie sich besinnend.)

Kaiser Karl.
Nun also, was bemerkte Prinz Eugen?

Nimbsch.
„Ich stehe im Begriff zu avanciren
Und habe mehr zu thun, ein ander mal!"
(Bewegung. Der Kaiser erhebt sich in Aufregung und setzt sich wieder.)

Kaiser Karl.
Die letzten Worte wiederholt mir klar!
(Er greift zu Feder und Papier.)

Nimbsch.
„Ich habe keine Zeit, ein andermal!"

Kaiser Karl.
Ihr variirt, ich will den strikten Wortlaut.

Nimbsch.
„Ein andermal, ich habe mehr zu thun."
(Der Kaiser schreibt.)
Dieß hingeschleudert schob er die Depesche,
Sie keines Blickes auch nur würdigend,
Vom raschen Druck zerknittert in die Tasche
Und gab aufbrechend den Befehl zur Schlacht.

Kaiser Karl
(nach einer Pause).

Zugegen waren alle Generale?

Nimbsch.

All' insgesammt und alle hörten zu.
Ich hatte nachher mit dem Grafen Heister
Darüber eigens ein Colloquium,
Er war im höchsten Grad gleich mir empört
Und bot freiwillig sich zum Zeugen an.

Kaiser Karl
(schreibt wieder).

Dieß will ich nebenbei mir noch bemerken
Als mein Postscriptum. — Nun, Graf Stahrem=
berg,
Was sagt Ihr zu der Scene?

Stahremberg.

Wenn der Prinz,
Wie wir gehört, sich wirklich hat benommen,
So find' ich es ausnehmend insolent.

Schlick.

Und wider alle Subordination.

Cardona.

In Spanien gält' es für ein Todverbrechen!

Althan.
Auch hier ist ihm kein Freibrief ausgestellt:
Wir ziehen keinen zweiten Friedland groß.

Kaiser Karl.
Ich bitte, nur nicht über's Ziel geschossen!
Die Treue Prinz Eugen's ist zu erprobt,
Um ihr den ersten Fehltritt anzurechnen,
Obgleich es schmerzt, der Unentbehrlichkeit
Glorreichen Dienstes sich gemahnt zu sehn.
(Ein Diener tritt auf und spricht mit Althan.)

Althan
(zum Kaiser).
Der Volontair Hamilton harrt auf Einlaß.

Kaiser Karl.
Ich werde ihn ein andermal empfangen.
(Der Diener ab.)
Fast hätt' ich Lust, mein Bild zurückzurufen
Ihn mahnend: „Gebt zurück, was Ihr nicht schätzt!"
(schmerzlich.)
Die Freude ward mir klein an diesem Sieg.
(er versinkt in Gedanken.)

Stahremberg.
Ich höre, Heister hatte den Charakter,
Im Kriegsrath Prinz Eugen zu opponiren.

Schlick.
An seiner Stelle hätt' ich's auch gethan.

Stahremberg.
Nicht minder ich. Wo kämen wir auch hin,
Wenn solch' tollkühner Streich, weil er gelang,
Zum Calcul des Genie's gestempelt wird,
Der, hätte sich das Zünglein nun gewendet,
Nicht nur das halbe Heer gekostet, nein,
Das ganze Reich mit in's Verderben zog.
Der Krieg ist kein Vabanquespiel, das den Einsatz
Verschlingt entweder, oder zehnfach auswirft.
Denn was die Schmeichler auch uns auspofaunen
Vom angebornen Adlerblick des Feldherrn,
Der kühn den Feind durchdringt und seine Blöße
Erspäht im Augenblicke der Entscheidung,
Nie darf das Glück rechtfert'gen einen Sieg,
Der durch Auflehnung und durch Trotz erkauft.

(Prinz Eugen ist während der letzten Rede durch die Galerie
eingetreten. Er hält den Marschallstab in der Hand. Große
Bewegung. Der Kaiser erhebt sich betroffen und tritt das Haupt
entblößend dem Prinzen einige Schritte entgegen. Die Uebrigen
entfernen sich auf einen Wink des Kaisers nach dem Eingang der
Galerie, wo sie sich sichtbar postiren und mit scharfer Aufmerk-
samkeit die Unterredung verfolgen.)

Prinz Eugen
(nach einer tiefen Verbeugung).
Ich stelle Eurer Majestät mich vor

Unangemeldet im Campagnerock,
Was ich geneigt zu excusiren bitte.

Kaiser Karl
(nachdem er sich gefaßt).

Ich grüß' Euch, Vetter, Eure Rückkehr kommt
Zwar unerwartet —

Prinz Eugen.

Ich verließ das Heer,
Das auf dem Rückmarsch schon, in Futak, Sir,
Da ich mich sehnte —

Kaiser Karl.

Wohl, doch wer verhandelt
Vor Belgrad mit dem Feind?

(Er nimmt Platz und ladet Prinz Eugen durch eine Handbe=
wegung zum Sitzen ein.)

Prinz Eugen
(ohne Platz zu nehmen, befremdet).

Ich wies den Türken
Hierher nach Wien an Eure Majestät.

Kaiser Karl.

Sehr schmeichelhaft für mich. So rechn' ich sicher
Auf Euer Durchlaucht Rath und Unterstützung.

Prinz Eugen.

Wie ehrenvoll mir auch die Confidenz,

Sei mir erlaubt mit Hinweis auf mein Alter
Um Ihren gnädigen Dispens zu bitten.

Kaiser Karl
(erhebt sich).

Nun wohl, ich darf den Wunsch, so leid mir's thut,
So hoher Experienz beraubt zu sein,
Dem Ueberwinder Belgrad's nicht verweigern.

(Er entläßt den Prinzen durch eine verabschiedende Handbeweg=
ung — dieser wendet sich nach einer Verbeugung zur Galerie,
durch die er eingetreten.)

Kaiser Karl
(ihn zurückrufend, in weichem Tone).

Ich kann Euch nicht entlassen, lieber Prinz,
Ganz ohne Dank, und doch fällt es mir schwer,
Euch so zu danken, wie ich es gewünscht.
(nach einer Pause.)
Ihr seid ein Kriegsfürst, doch ich bin der Kaiser —

Prinz Eugen.

Deß war ich stets gedenk, so lang ich diene.

Kaiser Karl.

Allein, die Ordre, die ich Euch gesandt? —

Prinz Eugen
(einen Schritt vortretend).

Es hat bei Eurer Majestät gestanden,
Mir den Commandostab zu übergeben,

Wie Eure Hand ihn mir entheben kann
(Er senkt den Commandostab.)
Zu jeder Stunde, doch so lang ich ihn
In Händen halte, mach' ich auch den Anspruch
Zu wissen was dem Heer zum Besten dient
Und welcherlei Mesuren vor dem Feinde
Zu treffen sind, wenn ich in's Feld gerückt.
Und damit schließ' ich meine Defension,
Die meinem point d'honneur ich schuldig war.

(Indem er sich nach einer Verbeugung entfernt, bedeckt der Kaiser das Haupt und steht ernst da. Die Umgebung macht Prinz Eugen eine ausgesucht höfliche Verbeugung und eilt geschäftig, mit kaum unterdrücktem Jubel auf den Kaiser zu, dessen Wink erwartend.)

Kaiser Karl
(zu Althan).

Der Schlachtbericht wird ihm zurückgesandt! —

(Der Vorhang fällt.)

IV. Akt.

(Ein Zimmer im Belvedere mit den lebensgroßen Portraits der Kaiser Leopold, Josef I. und Karl VI. Kerzen erhellen das Zimmer. Auf einem der Spiegeltische liegt Hut und Degen. Prinz Eugen sitzt in Gedanken am Arbeitstische über einem Briefe.)

Prinz Eugen.

„Ich harre auf die Relation der Schlacht,
Die bessern soll, was Anstoß hat erregt,
Und mahne Euer Liebden dringend nun
In wohlgemeintem Ernst mir zu gewähren,
Was ich Euch nachzusehen nicht vermag:
Die Einräumung, daß Ihr mir gegenüber,
Wenn auch in bester Absicht, Euch vergangen.
Ein Wort soll mir genügen und Ihr findet,
Da Ihr mir treu ergeben, leicht das Wort."

(Pause.)

Ich fände leicht dies Wort? — Ich find' es nicht.
Legt' ich den Lorbeer ihm nicht voll zu Füßen?
Hab' ich gefehlt: so war mein Sieg der Fehler,
Und dann — was hieße dann noch heilsam Wirken?

Es wäre dies der Todesstoß der Pflicht!
Verantwortung wär' federleicht zu tragen
Und eine Schlappe käm' nicht auf die Rechnung
Des Führers mehr, wenn er geschickt sich deckt
Mit seines Herrn Gebot. Blindheit und Säumniß,
Ja mehr, Verrath sogar hätt' eine Thür,
Sich wegzustehlen. Nichts mehr wäre sicher,
Als die geschmeidige Unfähigkeit
Und das auf Titel stolze Unverdienst.
Ich habe keinen Anlaß abzubitten,
Ja nicht einmal das kleinste Recht dazu.

(Er blickt in den Brief.)

Und doch wie mild! — „Ein Wort soll mir genügen."
Er heischt mit Schonung, was er gern vermiede,
Theilnahme blickt aus sanftem Ernst hervor.

(Pause.)

Und wahr ist's: Wenn vor Belgrad nun das Heer,
Das meiner Hut empfohlen war, erlag?
O wohl, ich fühle Karl's besondern Stand
Mir gegenüber diesenfalls, denn wahrlich
Der Schein des Eigenmächtigen ruht auf mir, —
So will ich mich vertrauensvoll entäußern
Vor meinem Herrn. Er mahnt auch so gelinde:

(In den Brief blickend.)

„Da Ihr mir treu ergeben" ruft der Herr
Dem Unentschlossnen zu. Wohlan, ich thu's:

Ich will den Kaiser um Vergebung bitten.

(Er schreibt. Guido Stahremberg und Schlick treten durch die von Andreas geöffnete Thüre ein.)

Prinz Eugen.

Ah, Stahremberg und Schlick, sieht man Euch auch?

(zu Stahremberg.)

Wie geht es, Excellenz?

Stahremberg.

So so, die Wunden!

Prinz Eugen.

Ei was, Ihr habt Euch trefflich conservirt
Und könnt ganz gut noch führen das Kommando,
Wenn Spanien Ernst macht, wie ich beinah fürchte.

Stahremberg.

Bewahr mich Gott, nur kein Kommando mehr!
Ich nahm nur auf besondern Wunsch des Kaisers
Sejour in Wien und ließ mein stilles Laibach,
Wo ich als Invalide Ruh genoß.

Prinz Eugen.

Potz Invalid! Ihr nehmt trotz der Blessuren
Auch noch am Stock es mit dem Jüngsten auf.

(zu Schlick.)

Und Ihr, Graf Schlick, seht wie ein Dreißger her,

Der böhmische Erzkanzler schlägt Euch an.

Schlick.

Ihr meint, daß sich der Corpus ausgewachsen,
Doch sitz' ich flott zu Pferd, versichr' ich Euch,
Der General steckt noch im Civilisten.

Prinz Eugen.

Das will ich nicht bestreiten. Pulver ist
Der Puder, der am längsten hängen bleibt.
Jetzt aber muß ich fragen, was die Herrn
So spät mir noch in's Belvedere führt?

Stahremberg.

Wir kommen, Durchlaucht, auf Befehl von Oben.

Schlick.

Da Ihr Euch am Conseil nicht mehr betheiligt —

Prinz Eugen.

Ganz recht, doch hab' ich dienstlichen Permiß, —
Nun was beliebt dem Herrn?

Stahremberg
(eine Rolle hervorziehend).

                              Wir präsentiren
Die sanctionirte Rangliste der Belohnten,
Die Euren Schlachtbericht begleiten soll.
(er übergibt die Rolle.)

Prinz Eugen.
Messieurs, wenn es gefällig, Platz zu nehmen,
(sie setzen sich.)
Ich werf' nur einen kurzen Blick hinein.
(er sieht die Liste durch.)
'S ist eine lange, stattlich lange Reihe
Von Generalspersonen bis zum Fähndrich.
Der Tod hat große Aerndte abgehalten
Und Trost allein, daß würdig der Ersatz.
Sogar für meinen wackern Eschenauer
Fand sich ein Posten schon als Stadtwachtmeister
Der Guardiawach' — nun ich vergönn's dem Alten. —
Doch seh' ich einen Namen durchgestrichen,
Graf Hamilton —
Was war an diesem Namen auszusetzen?

Stahremberg.
Die Charge eines Obristfeldwachtmeisters
Erfordert einen Mann von reifem Alter.

Prinz Eugen.
In gleichen Jahren war ich General,
Ihr selber auch schon nah an dieser Charge.

Schlick.
Doch sträubte sich die Rücksicht unser's Herrn,

Weit Aeltere im Rang zu übergeh'n.

Prinz Eugen.

Wir waren Beide stets d'accord gewesen,
Den Brauch der Anciennetät zu mildern.

Stahremberg.

Dann kam noch in Betracht, daß Hamilton
Nicht Oestereicher von Geburt.

Prinz Eugen.

Ich auch nicht,
Und doch bin ich's von Herzen jetzt wie Ihr.

Stahremberg.

Derselbe Hamilton — —
(er stockt.)

Prinz Eugen.

Nur nicht genirt!

Stahremberg.

Nun ja, er steht im Ruf als Protegé —
So fast nicht Eurer Durchlaucht als vielmehr
Der Gräfin Bathyany.

Schlick.

Eurer Freundin —

Prinz Eugen.
(einfallend).

Genug! — Hier nehmt zurück.
(er gibt Stahremberg die Liste zurück.)
Ich lasse Seiner Majestät vermelden,
Daß ich das Schriftstück nicht contrasignire.
(er erhebt sich.)
Messieurs, ich habe meine Zeit vergeben.
(Er entläßt sie mit einer Handbewegung. Stahremberg und Schlick ab.)
Das ist der Dank!
(Er zerreißt das begonnene Schreiben.)
Schickt Ihr den Jungen fort, geht auch der Alte!
(Andreas tritt ein.)

Andreas.

Ein Herr Marquis steht draußen vor der Thür.

Prinz Eugen.

Ich laß' ihn bitten, daß er morgen kommt.
(Andreas ab.)
Bei alledem wird man noch molestirt,
Als stünd' man im Zenith der Gnadensonne.

Andreas
(zurückkehrend).

Durchlaucht, er rührt sich nicht vom Fleck.

Prinz Eugen.

Wer ist's?
(Andreas öffnet die Thür, der Marquis Saint Thomas steht da im Kleid eines Chevalier des Heiligen Ludwig.)
Marquis von Saint Thomas. Was bringt Ihr mir?

Saint Thomas.
(eintretend).
Den Glückwunsch meines Herrn zum Sieg vor Belgrad,
Der in Turin Begeistrung hat erweckt.
Wohl sollt' ich in solenna forma kommen,
Doch mied ich eine Auffahrt, um — nun, um
Den kaiserlichen Hof nicht zu brouilliren,
Der ja ein wenig schmollen soll mit Durchlaucht.

Prinz Eugen.
Rien de ça. Doch bin ich etonnirt,
Den Stellvertreter des sardinischen Hofes,
Der ja zu unsern Alliirten zählt
Im Kleid der Ludwigsritter zu erblicken.
Seid Ihr wohl gar ein heimlicher Franzose?

Saint Thomas.
Das nicht — nicht im Geringsten — doch ich fühle,
Daß ich mich deutlicher erklären muß.
(sie setzen sich.)

Das Erbland Königs Victor Amadeus,
Kann auf die Dauer Frankreich nicht befehden.
So hat mein Herr denn neurer Zeit versucht,
Das alte Einvernehmen herzustellen,
Doch ohne weitere Verbindlichkeit
Und es gelang. Wir sind gut Freund geworden,
Und deßhalb hier französische Insignien.

Prinz Eugen.

Marquis, Ihr habt Besondres auf dem Herzen,
Erleichtert Euch durch eine offne Beichte.

Saint Thomas.

Nun gut, da Ihr so lebhaft in mich dringt,
Ich bin chargirt mit einem großen Auftrag.

Prinz Eugen.

Von wem?

Saint Thomas
(umblickend).

Sind wir allein?

Prinz Eugen.

Tout entre nous.

Saint Thomas
(mit gedämpfter Stimme).

Der Prinz Regent von Frankreich wandte jüngst

An meinen Herrn sich und ersuchte ihn,
Ein Angebot durch mich Euch zu vermitteln.

Prinz Eugen.

Und welches?

Saint Thomas.

Frankreich blickt mit Eifersucht
Auf Euer glücklich' Adoptivland hier.
Wenn Ihr geneigt, dorthin zurückzukehren,
So bietet er zur vollen Schadloshaltung
Den Marschallstab Euch an und überdieß
Den Rang und Titel eines Connetable
Und zur Dotirung die Statthalterschaft
Der Champagne für die Dauer Eures Lebens.

Prinz Eugen.

All dieß! Ei seht, das nenn' ich ein Offert!
Doch kommt es leider mir etwas zu spät,
Denn schaut nur her (er holt einen Brief), da hab'
 ich einen Brief
Von Marlborough, der mir aus London meldet,
Daß mir ein Gärtner unbekannterweise
Dort auf dem Todbett ein Legat vermacht,
Bestehend im Nießbrauche seines Gütchens.
Ihr wißt, daß ich ein Freund der Gärtnerei,

So hab' ich denn alsbald mich engagirt.

Saint Thomas.
Durchlaucht sind mehr zu Scherzen aufgelegt,
Als ich vermuthet.

Prinz Eugen.
     Nun, wenn Euch so sehr
Um Ernst zu thun, so bin ich auch parat.

Saint Thomas.
Der Undank, den Ihr erndtet, läßt mich hoffen —

Prinz Eugen.
Genug und hört nun meinen wahren Willen.
Als ich aus Frankreich in die Fremde zog,
Weil man mich für den Krieg nicht tauglich hielt
(Der König nannte mich le petit abbé
Und zwang mich im habit zur Cour zu kommen,
— Nun, mein Brevier lernt' ich auf eigne Hand —),
Da schwur ich, mich dahin zurück zu wenden
Nicht anders, als den Degen in der Faust
Und wie die Welt weiß, hab' ich Wort gehalten.

Saint Thomas.
Doch ist ja König Ludwig bei den Todten.

Prinz Eugen.
Pardon Monsieur, ich bin noch nicht zu Ende.

Ich kam nach Wien als heimathloser Prinz,
Den Kaiser Leopold voll Gnade aufnahm
Und in sein glorreich Kriegsheer einrollirte.
Da war's an jenem Festtag meines Lebens,
Daß tief in meinem Innern ich vor Gott
Gelobte, ihm und seinem Haus zu dienen
So lang ich athme und ich halte Wort,
So wahr ich bin Eugenio von Savoye.
(Saint Thomas steht auf.)
Marquis, dieß ist mein Standpunkt zu dem Antrag,
Berichtet diese Antwort nach Paris.

Saint Thomas.
Ich ziehe mich durchdrungen von Respekt
Hiemit zurück und bitte nur inständig,
Was ich eröffnen mußte, zu verschweigen.

Prinz Eugen.
Dieß werd' ich thun, wenn in Turin mein Vetter,
Zu dessen Haus ich zähle, sich verbürgt,
Daß er von allen Plänen ferner absteht,
Die wider Oestreich man im Schilde führt,
Im andern Fall mach' ich den Streich publik —
Und damit, Herr Ambassadeur, gut' Nacht.
(Saint Thomas verläßt unter einer tiefen Verbeugung das Zimmer.)
Das Andre vorhin war ein Prellschuß blos,

Doch dieser ging mir mitten durch das Herz.
Nie ein Vertrauen hab' ich noch verletzt
Und doch schleicht man heran, mich zu versuchen: —
Die Ehre außer uns ist eitel Schein.
(Gräfin Bathyany erscheint in der Thür.)

Gräfin Bathyany.
Darf ich herein?

Prinz Eugen.
Gewiß, ich freu' mich sehr.
(er führt sie herein.)
Sie sind allein? Wo blieb das liebe Brautpaar?

Gräfin Bathyany.
Es ging zum Marstall, erst das Pferd zu mustern,
Das Durchlaucht Ihrem künft'gen Offizier
Heut zum Präsent gemacht. Doch, lieber Prinz,
Was ist geschehn? Sie blicken so verdüstert?

Prinz Eugen.
Nichts, nichts, Madame.

Gräfin Bathyany.
Wodurch verscherzt' ich plötzlich
Ihr alt' Vertrauen?

Prinz Eugen.
Ach, Cabalen wieder!

Es ist der Müh' nicht werth, davon zu reden.

Gräfin Bathyany.
O doch, Sie sollten sie viel ernster nehmen,
So ernst als nur die wichtigste Affaire!

Prinz Eugen.
Da muthen Sie ein schön' Geschäft mir zu!

Gräfin Bathyany.
Ich weiß es, Prinz Eugen denkt selbst zu groß,
Um List mit List im Tausche zu bekriegen,
Doch seine Gegner denken um so kleiner.

Prinz Eugen
(ihre Hand fassend.)

Ich danke, Freundin, Ihrer Sympathie,
Doch wissen Sie, der Fall ist mir nicht neu.
(sie setzen sich.)
Einst nach der Schlacht von Zentha, die mich Gott
Gewinnen ließ, stand es ganz so mit mir.
Der blutige Caprera suchte mich
Beim Kaiser Leopoldus anzuschwärzen,
Daß ich das Heer der Schlachtbank zugeführt.
Es war so weit, daß schon die Bürger Wien's
Mir Schutz anboten, doch ich wies sie ab
Und dieß gewann mir, eh' ich noch gesprochen,
Die Gunst zurück des edelmüth'gen Herrn.
Am gleichen Tag ward ich Generalissimus.

Gräfin Bathyany.

So richten Sie den Blick auch jetzt zum Thron:
Ein edler Herr nimmt ihn wie vormals ein!

Prinz Eugen.

Ich kann vor Seine Majestät nicht treten,
Bevor mir nicht in Händen der Beweis,
Daß sich der Kampf in eine Sphäre hob,
Wo die Person verschwindet vor der Sache.
(Hamilton und Stephanie treten ein.)
Eh bien, da kommen unf're Beiden schon.

Stephanie
(auf ihn zueilend).

Durchlaucht, ich danke für den prächt'gen Hals=
schmuck,
Den ich heut' morgen beim Erwachen fand.
(sie küßt ihm die Hand.)
Wohl schien er mir so herrlich ausgewählt,
Daß ich mich fast ihn anzulegen scheute.

Prinz Eugen
(die Hand auf ihr Haupt legend).

Für solche Braut ist nie ein Schmuck zu kostbar.

Stephanie
(zu Hamilton).

Nun mußt Du Dich für's Kriegspferd auch bedanken.

O liebe Tante, hättet Ihr's geseh'n,
Wie es so muthig dastand vor der Krippe!
Man merkt, daß es die Schlachttrommete liebt
Und doch wie fromm, es fraß mir aus der Hand.

Hamilton.

Ich bin beschämt —

Prinz Eugen.

Laßt gut sein — König Wilhelm
Hat mir die Race aus Berlin geschickt
Kurz nach der Schlacht bei Höchstedt, wo die Preußen
Gar brav mit uns gekämpft. Wann Ihr's besteigt,
Mag es an Belgrad Euch zurück erinnern.

Hamilton.

An meinen gnäd'gen General dazu.

Stephanie
(lächelnd).

Er mußte mir versprechen, seinen Fritz
Im Zug vor Ihrem Regiment zu reiten,
Das heute Nacht eintrifft.

Prinz Eugen.

Wart, kleiner Schelm! —
Freund Hamilton, nur auf ein kurzes Wort.

(sie treten zur Seite.)

Stephanie.
So machen wir ein kleines Spiel inzwischen,
Wenn es dem Tantchen recht.

Gräfin Bathyany.
Nun ja, Du Plaggeist.
(Beide setzen sich an den Spieltisch.)

Prinz Eugen.
Seid Ihr auf ein serieuses Wort gefaßt?

Hamilton.
Auf jedes.

Prinz Eugen.
Nun ich werde Euch erproben.
(er betrachtet ihn ernst.)

Gräfin Bathyany.
Wer gibt?

Stephanie.
Ich bitte, mischen Sie.

Prinz Eugen.
So hört! Ich brachte dienstlich Euch in Vorschlag
Für eine Charge, die vakant geworden
In meinem Regiment.

Hamilton.
O, ist es möglich!

Gräfin Bathyany.
Nun abgehoben!

Stephanie.
Ah, coeur dame Atout!
Lieb' Tantchen, Herz ist meine Leibcouleur!

Gräfin Bathyany.
Du hast im Spiel wie in der Liebe Glück —
Wärst du kein Springinsfeld, es müßt' dich schrecken!

Prinz Eugen.
Der Vorschlag ward zu meiner Ueberraschung
Nicht acceptirt.

Hamilton
(zurücktaumelnd).

Mein Gott, welch' bittre Täuschung!

Stephanie
(lachend).

Noch fehlt mir mariage.

Gräfin Bathyany.
Geduld, nimm auf.

Prinz Eugen.
Ihr habt Gleichmuth und Ruhe mir versprochen.

Stephanie
(nachdem sie aufgenommen).
Da ist sie, doch in Pique!

Gräfin Bathyany.
Gleichviel, spiel' aus.
(sie spielen.)

Prinz Eugen.
Da solches von der Gnade unsres Kriegsherrn
Allein abhängt, — begreift Ihr meine Stellung.

Hamilton.
Dem Gönner schuld' ich gleichwohl hohen Dank.

Prinz Eugen.
Die Schuld liegt außer Euch, drum seid getrost,
Auch ich hab' manche Hoffnung schon begraben.
Nun wißt Ihr, was mir auf dem Herzen lag,
Doch haltet es für's Erste noch geheim.
(Andreas tritt ein.)

Andreas.
Die Gräfin Althan bittet um Permiß.
(die Gräfin Althan tritt ein.)

Da ist sie schon, (bei Seite) bei D e r geht's immer fix.
(Gräfin Bathyany und Stephanie erheben sich vom Spiel. Letztere tritt zu Hamilton, mit dem sie von nun an sich eifrig unterhält. Andreas ab. Prinz Eugen erhebt sich.)

Gräfin Althan.

Ich bringe, Durchlaucht, eine kleine Störung,
Doch werden Sie mir gütig pardonniren,
Wie meine Freundin auch. — Ei sieh, das Paar!
Da kann ich meinen Glückwunsch gleich bestellen —
(Hamilton und Stephanie verneigen sich.)
Graf Althan hat mich auch beauftragt.

Prinz Eugen.

So?

Gräfin Althan.

Wir nehmen wärmsten Antheil an der Freude.
Die junge Welt wird doch in Oestreich bleiben?

Prinz Eugen.

Noch ist nichts ausgemacht.

Stephanie.

O doch, gewiß
Wir bleiben hier zu Wien in Garnison.

Prinz Eugen.
Was schenkt uns wohl die Ehre des Besuchs?
(Sie nehmen Platz.)

Gräfin Althan.
Ich war seit Langem die Visite schuldig,
Doch wenn ich soll die Wahrheit ganz gestehn,
So ist ein wenig Neugier auch dabei.

Prinz Eugen.
Um was?

Gräfin Althan.
Sie thun erstaunt. Ist das Ihr Ernst?

Prinz Eugen.
Vollkommen, Gräfin.

Gräfin Althan.
Ei, das wundert mich —
(für sich.)
So rühr' ich an das Glas, es wird schon klingen —
(laut.
Nun ja, man spricht in Kreisen der Gesellschaft,
Daß Durchlaucht selbst auch an Vermählung denken.

Prinz Eugen.
Ich — —?
Wer aber sollte wohl die Dame sein?

Gräfin Althan
(mit einem Blick auf Gräfin Bathyany).

Nun, dieses dürfte zu errathen sein.

Gräfin Bathyany.

Ich hoffe, Gräfin, man moquirt sich nicht!

Prinz Eugen.
(im Scherzton).

Madame, im Ernst, die Wahl gefiele mir,
Nur schade, daß wir selbst nicht drauf gekommen —
Man sagt, ich sei der Mars, doch ohne Venus.
Nun, damit macht man mir kein Compliment;
Ich würde einem Mann, der in der Liebe
Nie was gewagt, nicht hundert Mann vertrau'n
Und ich bin dran gewöhnt, Armee'n zu führen.

(mit verändertem Ton der Stimme.)

Ist sonst noch etwas zu erforschen übrig?

Gräfin Althan.

Das Wichtigste kommt gern zuletzt: nun denn,
Ich übernahm es, Durchlaucht, Sie zu warnen.

Prinz Eugen.

Ah so!

Gräfin Althan.

Der Kaiser ist genirt, den Schlachtbericht,

Nun, wegen des Postscripts publik zu machen —
(sie hält inne.)

Prinz Eugen.
Ich bitte, fortzufahren.

Gräfin Althan.
Als ein Fürst,
Der in Person niemals im Feld befehligt
Und Freund der Etikette überhaupt —

Prinz Eugen.
Nur weiter, bitt' ich.

Gräfin Althan.
Findet er die Form —

Prinz Eugen.
Die Form ist achtungsvoll —

Gräfin Althan.
Doch wie ihm scheint
Bedarf es offener Entschuldigung,
Damit sie Jedermann im Volk versteht.

Prinz Eugen.
Madame, was Sie von mir geleistet wünschen
Ist längst geschehn,
(er erhebt sich)

und ich bedaure so,
Daß Sie umsonst die Mühe sich gemacht —
(Beide Damen erheben sich.)
Doch war mir die Visite sehr viel werth.

Gräfin Althan.
Und mir nicht minder.
(zur Gräfin Bathyany.)
A revoir!

Gräfin Bathyany.
Beim Kaiser —

Prinz Eugen.
Serviteur!
(Gräfin Althan ab.)

Prinz Eugen.
(nachdem er einen Augenblick in Gedanken da gestanden).
Nun, hatt' ich Recht, daß ich es abgelehnt?

Gräfin Bathyany.
Ja, Prinz, der Schritt wär' Ihrer nicht mehr würdig.

Prinz Eugen.
Spione thaten mir oft gute Dienste,
Gleichwohl hab' ich sie immerdar verachtet.

Gräfin Bathyany.
Und gar, wenn sie vom eignen Lager stammen!

Prinz Eugen.
Als Villars sich bei mir einst hier empfahl,
Um wider mich im Feld als Feind zu steh'n
Und wir uns nochmals in die Arme schlossen,
Vernahmen wir ein Murmeln hinter uns, —
Der Marschall Frankreich's bog den Kopf zurück
Und sagte mir, so daß es Alle hörten:
„Wir Beide haben unsre Feinde nicht im Feld,
Ich habe sie in Versailles, Sie in Wien."
Ich mußte seitdem oft des Worts gedenken.

Gräfin Bathyany.
Es lag ein tiefer Sinn fürwahr darinnen.
(seine Hand erfassend.)
Doch, lieber Freund, sei'n Sie getrosten Muths!
Dem Ehrlichen kann nicht der Sieg entfallen.
Nun erst, seit ich die Lage überblickt,
Wird mir die Sorge um Ihr Schicksal kleiner.

Prinz Eugen
(gegen das Portrait Kaiser Leopold's.)
Der war mir Vater —
(gegen das Portrait Kaiser Joseph's.)
Joseph war mir Bruder —

(gegen das Portrait Kaiser Karl VI.)

Doch Kaiser Karl der Sechste ist mein Herr.

(Er steht erschüttert da. Pause, während der man einen Trompetenruf aus der Ferne hört.)

Stephanie
(leise zu Hamilton).

Horch, die Dragoner kommen! Hörst Du sie?

Hamilton.

Ja, liebes Herz, ich höre ihren Ruf.

Stephanie.

Die Stimme bebt Dir ja. Was ist Dir doch?

Hamilton.
(sich abwendend.)

Laß mir den Schmerz. Es war mein Regiment!

Stephanie.
(ihn umschlingend.)

O jetzt versteh' ich Alles. Aermster Mann!

Prinz Eugen.
(zur Gräfin Bathyany).

Vernahmen Sie? Es ist mein Regiment.
Der Tag ist wenig froh, der mir es heimbringt.

(Er tritt an ein Fenster, das er öffnet. Gräfin Bathyany tritt an das Nebenfenster. Stephanie verweilt mit Hamilton, der die

Hand auf einen der Tische gestützt schweigend dasteht, in der
Mitte des Zimmers.)

Gräfin Bathyany.

Da ist der Vortrab. Traurig stiller Einmarsch!
Die Hufe schlagen müd' an's Pflaster an
Und schleichend gehen hin die wack'ren Pferde,
Bedeckt vom langen Manteltuch der Reiter.
Doch sieh, jetzt zieht der Obrist blank den Pallasch
Und alle richten sich im Sattel auf
Und blicken frisch empor zu ihrem Vater.

Chor der Dragoner.
(von der Straße herauf singend).

„Prinz Eugenius, der edle Ritter,
Wollt' dem Kaiser wied'rum kriegen
Stadt und Festung Belgrad.
Er ließ schlagen einen Brucken,
Daß man kunnt hinüber rucken
Mit d'r Armee wohl für die Stadt.

Als der Brucken nun war geschlagen,
Daß man kunnt' mit Stuck und Wagen
Frei passir'n den Donaufluß;
Bei Semlin schlug man das Lager,
Alle Türken zu verjagen,
Ihn'n zum Spott und zum Verdruß.

Am einundzwanzigsten August soeben
Kam ein Spion bei Sturm und Regen,
Schwur's dem Prinzen und zeigt's ihm an,
Daß die Türken futragiren,
So viel als man kunnt' verspüren,
An die Dreimalhunderttausend Mann.

Als Prinz Eugenius dies vernommen,
Ließ er gleich zusammenkommen
Seine General und Feldmarschall.
Er thät sie recht instrugiren,
Wie man sollt' die Truppen führen
Und den Feind recht greifen an.

Bei der Parole thät er befehlen,
Daß man sollt' die Zwölfe zählen
Bei der Uhr um Mitternacht.
Da sollt' All's zu Pferd aufsitzen,
Mit dem Feinde zu scharmützen,
Was zum Streit nur hätte Kraft.

Alles saß auch gleich zu Pferde,
Jeder griff nach seinem Schwerte,
Ganz still rückt' man aus der Schanz.
Die Musketier wie auch die Reiter
Thäten alle tapfer streiten:
'S war fürwahr ein schöner Tanz!

Ihr Constabler auf der Schanze,
Spielet auf zu diesem Tanze
Mit Karthaunen groß und klein, —
Mit den großen, mit den kleinen
Auf die Türken, auf die Heiden,
Daß sie laufen all' davon.

Prinz Eugenius wohl auf der Rechten
Thät als wie ein Löwe fechten,
Als General und Feldmarschall.
Prinz Ludewig ritt auf und nieder:
Halt't euch brav, ihr deutschen Brüder,
Greift den Feind nur herzhaft an!

Prinz Ludewig, der mußt' aufgeben
Seinen Geist und junges Leben,
Ward getroffen von dem Blei.
Prinz Eugen ward sehr betrübet,
Weil er ihn so sehr geliebet:
Ließ ihn bring'n nach Peterwardein."

(Prinz Eugen, der wiederholt hinab gegrüßt, wischt sich eine Thräne. Im Zimmer herrscht während des Gesanges völlige Stille. Gegen Ende des Liedes tritt Andreas ein, gefolgt vom Stadtwachtmeister Eschenauer der in militairischer Parabestellung dasteht.)

Prinz Eugen.
(sich umkehrend).

Vom Lied gefeiert lebt er mit uns fort.

(Er erblickt Eschenauer und winkt ihn heran.)

Eh bien, was führt den Stadtwachtmeister her?

Eschenauer.

Ich meld' gehorsamst, daß durch's Kärtnerthor,
Wo ich die Guardiawach hab' visitirt,
Ein General so eben einpassirt: —
Graf Heister!

Prinz Eugen.

Graf Heister? — Gut.

(Der Stadtwachtmeister macht Kehrt und verläßt im militairischen Schritt den Saal. Prinz Eugen zu Andreas.)

Gieb mir den Degen!

Andreas reicht ihm Hut und Degen, den er eilig anlegt; zur Gräfin Bathyany.

Entschuldigung, Madame, ich geh' zum Kaiser.

(Er geht bis zur Thür und hält plötzlich inne, zurückkehrend.)

Und dennoch nein. — Ich bleibe hier parat.

(Der Vorhang fällt.)

V. Akt.

(Das gleiche Zimmer im Belvedere. Vor Gräfin Bathyany steht Andreas.)

Gräfin Bathyany.
Und hat Er keine Ahnung, wer der Fremde,
Der sich geheimnißvoll anmelden ließ?

Andreas.
Vor lauter Hut und Mantel bis zur Nas'
Kunnt' ich das Mannd'l selber nit fixiren —

Gräfin Bathyany.
Hätt' Er ihm doch den Namen abverlangt!

Andreas.
Ja, der war nit aus ihm herauszulocken.

Gräfin Bathyany.

Nun gut, ich will den Prinzen avertiren.
(Im Abgehen für sich.)
Wenn ihm nur keine neue Kränkung droht!
(ab in eine Nebenthür.)

Andreas.

Ich selbst fang' an und bin curios darauf,
Wer sich die Mummerei mit uns erlaubt.
(Kaiser Karl tritt in einen Mantel gehüllt auf.)
Ihr Heiligen, der Kaiser ist es selbst!
(Andreas verläßt scheu den Saal. Der Kaiser hat den Mantel abgeworfen. Pause. Prinz Eugen tritt aus der Thüre.)

Prinz Eugen.

Mein Herr und Kaiser!

Kaiser Karl.

Ja, ich bin es, Prinz —
Ihr seid erstaunt, daß ich bei Euch erscheine?
Sonst kam ich oft, sowie auch Ihr zu mir,
Seit Langem hab' ich Euch nicht mehr geseh'n.

Prinz Eugen.

Wie konnt' ich Eurer Majestät mich nah'n
In Hoffnung eines gnädigen Empfangs
Nach solchen Zeichen hingeschwundner Huld?

Kaiser Karl.
Ich kann Euch nicht versteh'n. Wie meint Ihr das?

Prinz Eugen.
Ich dachte Hamilton's, den ich empfohlen,
Doch nach Verdienst nur — Niemand gängelt mich —
Wie mich der spanische Hof hat denuncirt —
Ich bin ein Gräuel den Projectenmachern,
Das weiß ich längst! Sie schreiben luftge Wechsel
Und bau'n aus Schaum den Thron von Spanien auf,
Dagegen ich das Reich zu stärken strebe.
Doch ohne Euren Beistand bin ich machtlos. —

Kaiser Karl.
Um Euren Schützling mögt Ihr Euch beruh'gen.
Es war ein kleiner Schachzug, den ich that,
Euch meine kaiserliche Hand zu zeigen.
Nur scheinbar gab ich fremdem Drängen nach,
Denn Euer Ansehn ließ ich nie erschüttern.

Prinz Eugen.
Ich stehe dreißig Jahre hier im Dienst,
Doch ist mir Aehnliches noch nicht begegnet.

Kaiser Karl
(nach einer Pause.)
Habt Ihr darüber niemals nachgedacht,

Ob Euch ein kleiner Theil der Schuld nicht trifft?

Prinz Eugen.

Wohl, doch ich fehlte nur im Drang der Lage
Und wollte Eure Majestät nicht kränken.

Kaiser Karl.

Deß bin ich überzeugt. Wär' ich es nicht,
Stünd' ich jetzt wohl vor meinem alten Freunde,
Der doch verletzt hat des Gehorsams Pflicht?

Prinz Eugen.

Gehorsam ist nur Eine von den Pflichten,
Die einem Feldherrn im Gewissen steh'n.
Ich ließe einen General erschießen,
Der sich nach einer Schlappe auf den Grund
Empfangenen Befehls berufen wollte.

Kaiser Karl.

Schon gut, — doch hört, was mich zu Euch geführt:
(Er setzt sich.)
Es hat sich ohne Eure Ordre jüngst
Ein General von seinem Corps entfernt
Und sich auf eigne Hand nach Wien begeben —

Prinz Eugen.

Graf Heister ist's, ich habe schon Rapport.

Kaiser Karl.
So frag' ich Euch, was soll mit ihm gescheh'n?

Prinz Eugen.
Er ist vor's Kriegsgericht zu stellen, Sire,
Das den Proceß ihm macht.

Kaiser Karl.
           So will's die Vorschrift, —
Doch müßte man den Fall nicht milder nehmen
Schon weil er ein gedienter General?

Prinz Eugen.
Gemeiner oder General, ganz gleich.
Ich bin Soldat und kenn' kein ander' Recht,
Als unsre Kriegsartikel.

Kaiser Karl.
           Allerdings,
Sie lehren als das Erste den Gehorsam.
Und überdies auch wäre zu bedenken
Die schlimme Folge eines solchen Beispiels,
Das ungeahndet vor dem Heer bestünde.
          (ihn beobachtend.)
Doch freilich, es verbliebe noch ein Weg,
Die Gnade mit dem Rechte zu vereinen,
Wenn sich ein Mildrungsgrund auffinden ließe.

Prinz Eugen.
Ich seh' hier keinen, Majestät.

Kaiser Karl.
Doch Ich —
(ihn schärfer firirend.)
Er kann sich auf den ungesühnten Fehl
Des Obern stützen, auf des Feldherrn Beispiel.

Prinz Eugen.
(betroffen.)
Des Feldherrn —

Kaiser Karl.
(aufstehend.)
Auf des Feldherrn Beispiel, ja,
Der sich am höchsten Kriegsgebot vergieng,
Der seines Kaisers Ordre Trotz geboten.
Wie, oder hat er dies wohl nicht gethan?
Entscheidet selbst, ich greif' in nichts Euch vor.

Prinz Eugen.
Wohlan, so stellt auch mich vor's Kriegsgericht!

Kaiser Karl.
Wenn Ihr es selbst so wünscht —

Prinz Eugen.
Ich bitte drum:

Laßt fällen mir den Spruch, den ich verdient.
Ich habe gleichen Anspruch auf Behandlung
Wie jeder Mann im Heer, nicht mehr, nicht minder.
Und sprechen mich des Fehls die Richter schuldig,
So laßt der Flinten Mündung auf mich zielen,
Die ich gelenkt sonst auf der Feinde Brust.

Kaiser Karl.

Zum Heil des Reichs!
(Ihm die Hand entgegenstreckend.)
Du unnachgiebig trotziger, braver Held!
(Prinz Eugen fällt in die Knie.)

Prinz Eugen.

Mein gnädiger Herr und Kaiser!

Kaiser Karl.
(ihn aufhebend.)

An meine Brust!
Laß Dir die klare Siegerstirne küssen,
Die eine so erhabne That erdacht.
Nun ist mir wohl, da ich Dir danken kann,
Wie es mich drängt, aus voller tiefer Seele.
Und jetzt laß Dir gesteh'n: Eugen, wer weiß,
Ob ich an Deiner Stelle nicht gefehlt, wie Du.
Dies Dir in trautem Worte zu bekennen
Und dich an's dankerfüllte Herz zu drücken,
War nur die Absicht, die mich hergeführt.

Prinz Eugen.
Mein theurer Herr! — Ich werde meine Schuld
bezahlen
Und Alles thun, was nur mein Beispiel kann,
Das kaiserliche Ansehn zu erhalten.

Kaiser Karl.
Jetzt eine Bitte noch, geliebter Vetter, —
Wir feiern an der Donau Deinen Sieg,
Folg' mir dahin.

Prinz Eugen.
Ich wär' nach solcher Huld
Auch glücklich hier.

Kaiser Karl.
Willst Du schon wieder trutzen?
Du wirst erscheinen.
(scherzhaft mit dem Finger drohend.)
Ich befehl' es Dir,
Du weißt, man muß des Kaisers Wort gehorchen.
(seine Hand schüttelnd.)
Du kommst also?

Prinz Eugen.
In voller Festparade!
(Er geleitet den Kaiser zur Thür.)

(Verwandlung.)

(Im Wiener Prater. Vorn eine Bank unter einem fruchtbeladenen Apfelbaum. Vom Hintergrund, wo eine von farbigen Lampions erhellte Ehrenpforte aufgerichtet ist, in deren Mitte noch ein dunkles Transparent, blickt ein festlich beleuchteter Pavillon her. Näher links Lustgezelte und Wirthsbuden, rechts eine von Wimpeln und Fahnen verzierte Estrade. Volk strömt in festlichem Putz über die Szene und bildet abwechselnd Gruppen.)

Ein Bürger.
(zu einem ihm begegnenden Andern).

Habt Ihr das Neueste auch schon gehört?
Kaiser und Prinz Eugen sind über's Kreuz.

Zweiter Bürger.

Mich trifft der Schlag!
(Er eilt zu einem dritten Bürger.)
      Herr Nachbar, wißt Ihr schon?
Eugen in Ungnad —

Dritter Bürger.
    Geht, Ihr seid ein Narr!

Zweiter Bürger.

Der da hat es gesagt.

Dritter Bürger.
      Ist er verruckt?
Meint Ihr, man hätt' so hergericht't den Prater
Und Alles so gustös illuminirt,
Wenn es so stehen thät? Ein Galgenstrick

Hat Euch den spanischen Floh in's Ohr gesetzt!
(Eine Gruppe bildet sich.)

Eine Bürgersfrau.
Der Nachbar da hat Recht. S' ist eine Schand'.
Hätt' ich den Malefizkerl, beutl't ich ihn,
Daß er die Engel droben singen hört'.
(Zustimmung. Die Gruppe vergrößert sich.)

Der dritte Bürger.
Das hat Sie gut gemacht!

Die Bürgersfrau.
    Es ist auch wahr —
Auf die Rumorwach' müßt' er mir, in's Loch!
(Eschenauer naht durch die Ehrenpforte.)

Der zweite Bürger.
Schaut hin, dort kommt der neue Stadtwachtmeister.

Der erste Bürger.
Ein fester Herr!

Der zweite Bürger.
    Er war vor Belgrad mit.

Der dritte Bürger.
Er steht mit Prinz Eugen sehr speciell.

Der erste Bürger.
Das merkt man an der Gravität ihm an.

Die Bürgersfrau.
Ich nehm' mir 's Herz und frag' ihn.

Alle.
Ja, das thut.
(Sie tritt zu Eschenauer.)

Die Bürgersfrau.
(mit einem Knir.)
Zu Gnaden, Herr, ist's wahr, was man rumort?

Eschenauer.
Rumor? Der Stadtrumor ist m e i n e Sach'!
Glaubt Sie, ich geb' mein Dienstgeheimniß preis
Um einer bürgerlichen Klatschfrau willen?
Da kommt Sie recht dem Sergeant Eschenauer —
Will sagen, dem Herrn Stadtwachtmeister, Sie!
(den Stock aufstoßend.)
Stern, Ramassan und Schibuck aufeinander!

Die Bürgersfrau.
Verzeihen's Gnaden, 's war nit bös gemeint.
(Im Abgehen.)
Der bild't sich ein, daß er ein Pascha ist.
(sie entfernt sich. Eine Marketenderin tritt heran.)

Die Marketenderin.

Nur nit so brummig, alter Zottelbär,
Stern Ramassan und Schibuck aufeinander!
Kennt Er mich noch? Ich steh bei den Dragonern
Savoyen, Prinz Eugen.

Eschenauer.

Da dient sich's gut.
(sie in die Backen kneipend.)
Ein fesches Mädel ist Sie immer noch.

Die Marketenderin.

Wir haben Freiball heut, Er kommt doch auch
Und schenkt mir einen Hopser oder Dreher,
Stern Ramassan und Schibuck aufeinander!
(Sie entfernt sich. Andreas tritt auf von links.)

Der dritte Bürger.

Das ist der Kammerdiener Seiner Durchlaucht.

Der zweite Bürger.

Der weiß, wie's in der Himmelpfortgass' steht.
(Stimmen.)
Wir fragen ihn.
(Alle umdrängen Andreas.)

Ein Bürger.

Sie, hören's, kommt der Prinz?

Andreas.

Ja, liebe Leut', er kommt.

(Stimmen: „Er kommt! Bravo! Hoch Prinz Eugen!" Ein Theil des Volkes stürzt ab nach links. Eschenauer und Andreas begrüßen einander. Graf und Gräfin Althan nahen mit Carbona vom Hintergrunde her.)

Eschenauer.

Man muß nicht zu cordial mit ihnen sein,
Sonst nimmt es den Respekt der Amtsperson.

Andreas.

Sie haben halt ihr Gaudi' grad wie wir:
Die Wienerstadt laßt nit vom Prinz Eugen.

Erster Bürger.

Da kommt der spanische Hof.

Bürger.

Den schenk' ich mir!

(Sie ziehen sich in den Hintergrund.)

Eschenauer.

Die Majestät war in Person bei ihm?

Andreas.

So wahr ich leb'!

Eschenauer.

Komm, alter Kriegskamerad,

Drauf müssen wir Eins trinken mit einander.
(Sie begeben sich Arm in Arm zu einer der Wirthsbuden. Graf und Gräfin Althan sind indeß mit Cardona in den Vordergrund gekommen.)

Gräfin Althan.
Der Kaiser war beim Prinzen? Ist nicht möglich!

Graf Althan.
Der Posten hat ihn vor dem Thor erkannt.

Gräfin Althan.
San Jago! Das war ein fataler Zug.

Cardona.
Sein Sinnen und Zerstreutsein im Conseil,
Wo er beständig mit der Feder spielte,
Gefiel mir durchaus nicht; ich sah es kommen.
Für diesmal geb' ich die Parthie verloren.
(Nimbsch tritt mit Heister rechts aus einer Allee hervor, Stahremberg und Schlick folgen.)

Nimbsch.
Da kommt mein Zeuge, noch kann Alles glücken!

Stahremberg.
Auf seine Relation kommt Alles an.

Althan.
Doch fürcht' ich, daß er nicht zum Wort mehr kommt.
(Er spricht mit Nimbsch.)

Schlick.
(zu Heister.)
Ihr müßt ein Herz Euch fassen, Kamerad.

Heister.
Da sorgt nur nicht, der Heister ist nicht blöde.

Nimbsch.
Der Kaiser war im Belveder'!
(halblaut.)
Parbleu,
Das stand in meiner Rechnung nicht. Sei's drum —
(Bewegung im Hintergrund. Böllerschüsse. Ein Theil des Volkes kommt zurückgestürzt. Lebehoch-Rufe auf Kaiser Karl.)

Althan.
Schon naht der Herr. Jetzt gilt's, Messieurs,
aux armes!
(Der Kaiser gefolgt von Cavalieren erscheint unter Jubelrufen. Alle eilen ihm entgegen.)

Kaiser Karl.
Ich komme zeitiger, als wohl erwartet,
Doch find' ich, die ich suche, schon versammelt.
Auch Heister —

Heister.
Unterthänigst aufzuwarten.

Kaiser Karl.
Ihr habt von Eurem Korps Euch wegbegeben —

Wer gab Euch dienstlich den Permiß dazu?

Heister.
Der Kämmrer Nimbsch ließ mir den Wink zukommen.

Kaiser Karl.
So, so, ich habe sehr eilfertige Diener —
Ich hör', Ihr habt im Kriegsrath protestirt.
Weshalb denn General?

Heister.
Je nun, mir schien —
Ich konnte nicht für die Attaque stimmen.

Kaiser Karl.
Und weshalb nicht?

Heister.
Weil es ein Wagstück war
Bei solcher Uebermacht auf Feindes Seite.

Kaiser Karl.
Ganz recht, allein im Kriege muß man wagen.

Heister.
Wär' nur das Glück nicht gar so wetterwendisch!

Kaiser Karl.
Seid mir vom Glück doch stille: Prinz Eugen
Hat dort wie stets gesiegt durch sein Genie.

Heister.
Pardon, doch hat der Heister, Majestät,
So seine eigne Art zu militiren,
Die freilich nirgend noch bis jetzt im Schwang.

Kaiser Karl.
So waret, Ihr's, der uns vor Belgrad rächte
Und in das Schilf den bleichen Türken trieb?

Heister.
Ja wohl, den meisten Theil hab ich daran,
War es auch nicht im Schlachtbericht zu lesen.

Kaiser Karl.
Nein, der schweigt ganz davon. — Doch jetzt genug,
Entfernt Euch augenblicks zu Eurem Korps,
Verschont uns fernerhin mit Strategemen. —
(Heister ab.)
Graf Nimbsch, nunmehr ein kurzes Wort mit Euch.
(Er zieht ein Papier hervor.)
Besteht Ihr noch darauf, daß diese Worte
Der Feldmarschall damals an mich gerichtet,
Denn aus dem Abgesandten sprach ich selbst?

Nimbsch.
Vielleicht irrt' ich mich in der Fassung, Sire.

Kaiser Karl.
So geb' ich Euch denn Zeit, Euch zu besinnen:
Die Festung Graz ist Euer Aufenthalt.

(Nimbſch ab. Die Andern ſtehen ſprachlos. Gräfin Bathyany
mit Hamilton und Stephanie treten von der linken Seite auf.
Prinz Alexander von Würtemberg, Palffy und die anderen
Generale und Offiziere, denen Pagen voranleuchten, ſteigen die
Treppen des Pavillons herab. Dieſen ſchließt ſich eine Bürger=
deputation, ſowie eine ſolche der Savoyendragoner aus Offizieren
und Gemeinen beſtehend an; die Marketenderin geht ihr voraus.
Zuletzt Herren und Damen vom Hofe.)

Kaiſer Karl.
Zur rechten Zeit kommt dort der junge Held.
Herr „Obriſtfeldwachtmeiſter" tretet vor
Und führt zugleich die holde Braut heran.
(Er ſetzt ſich auf die Ruhebank, Tuſch. Zu dem knieenden Paare.)
Ich ſegne väterlich den Bund der Liebe.
(zur Gräfin Bathyany.)
Frau Gräfin, ladet mich zur Hochzeit ein
Mit allen dieſen hochverdienten Kriegern.
Noch eine Bitte. Reicht mir eine Frucht
Hier von dem Apfelbaum.
(Die Gräfin Bathyany bricht einen Apfel, den ſie ihm reicht.)
Wie lacht er roth
Und friſch mich an! Wie labt mich ſein Geruch!
Mir kommt, athm' ich ihn ein, der Donau Bild
Und das geſtreckte goldne Hügelland,
Der heißgeliebte deutſche Mutterboden.
(noch immer die Frucht betrachtend, ſtreng zur ſpaniſchen Umgebung.)
Ich ſage der Granatfrucht heut Valet
Und thu' Verzicht auf's ſpaniſche Paradies.
(Die Angeblickten ziehen ſich in den Hintergrund zurück.)

Ich will, wo ich geboren bin, auch wirken.
(Böllerschüsse. Hochrufe auf Prinz Eugen. Volk strömt an. Die Klänge des Prinz=Eugenius=Marsches ertönen.)

Kaiser Karl.
Er naht. So laßt den Helden uns empfangen.
(Er besteigt mit dem Gefolge die Estrade. Prinz Eugen erscheint zu Pferd an der Spitze einer Grenadier=Abtheilung. Zugleich flammt an der Ehrenpforte das Transparent auf mit der In= schrift: „Prinz Eugenius der edle Ritter".)

Prinz Eugen.
(Den Marschallstab senkend.)
Ich grüße meinen hohen Herrn und Kaiser
Und bitt' ihn, gnädig mir zu pardonniren
Die dienstliche Irregularität,
Die ich im Feld zu Schuld mir kommen ließ,
Wie ich schon Seiner Majestät bekannt.
(umherblickend.)
Mag diese Anerkenntniß Früchte tragen
Und steigern den Gehorsam aller Chargen,
Auf dem als auf der ersten Kriegertugend
Die Force und Fortun' der Kriegsmacht ruht
Und heut wie stets der Flor der Monarchie.
Lang lebe unser gnädiger Kaiser Karl!
(Tusch. Volk und Krieger: Hoch! hoch! hoch!)

Kaiser Karl.
Mein theurer Prinz und Feldmarschall des Reichs!
Soviel Ihr auch Bewundrer zählt auf Erden,

Es schlägt kein Herz, das stolzer ist auf Euch,
Als das in Eures Kaisers froher Brust.
Und wenn noch eine That vermehren konnte
Die lichte Glorie Eures Heldenthums
In meinem Blick, so war es dieser Sieg,
Um den die größten Feldherrn Euch beneiden
In aller Zeit. — Ihr wehrt bescheiden ab,
Doch kann ich Euch erlassen nicht den Dank:
Die Fische würden in dem Donaustrom,
Wenn Menschen schwiegen, Euer Lob verkünden.
Doch einen höhern Sieg gewannt Ihr noch,
Als den, so Ihr dem Feinde abgerungen:
Ihr habt Euch selber überwunden hohen Muths,
Da Ihr Euch zu dem Rechte habt bekannt!
(Auf das Transparent weisend.)
Und dies verkündet jener Name dort,
Der fort ertönen wird in aller Mund,
Solang ihn dankbar nennt das Vaterland:
Hoch Prinz Eugenius, der edle Ritter!

Volk und Krieger.

Hoch! Prinz Eugenius, der edle Ritter!
(Indem Prinz Eugen im bengalischen Licht dasteht, stimmen Volk
und Krieger das Eugenius=Lied an.)

(Der Vorhang fällt.)

E n d e.